長編小説

おうちで背徳

葉月奏太

JN047999

竹書房文庫

目次

※この作品は竹書房文庫のために
書き下ろされたものです。

第一章　初めては兄嫁と

1

村瀬《むらせ》俊介《しゅんすけ》はスマートフォンのアラームで目を覚ました。

時刻は朝七時だ。以前は出かける直前まで二度寝していたが今は違う。横になったまま伸びをして、ベッドから起きあがる。そして、寝ぼけ眼《まなこ》を擦りながら部屋を出ると、一階へと降りていく。

俊介は二十歳《はたち》の大学二年生で、都内の実家から大学に通っている。いつかひとり暮らしをしたいと思っているが、通学できる距離なので仕方がない。卒業して就職したら、実家を出るつもりだ。

「しゅんくん、おはよう」

リビングのドアを開ければ、やさしげな声が迎えてくれる。それと同時に、味噌汁の香りと焼き魚のいい匂いが鼻腔に流れこんだ。

対面キッチンに立っているのは、兄嫁の奈々美《ななみ》だ。窓から射しこむ朝の陽光が、セミロングの黒髪と微笑を照らしている。白いブラウスの上につけた赤いエプロンの胸もとが、ふっくら盛りあがっていた。

奈々美は兄と同い年の三十歳、俊介にとっては大人の女性だ。前から美人だと思っていたが、兄の妻なので、もちろん恋愛感情などない。とはいえ、ひとつ屋根の下に暮らしていると、ちょっとしたことでドキドキするのも事実だ。

「おはようございます」

俊介は兄嫁の胸もとから視線をそらすと、平静を装《よそお》って挨拶する。

兄夫婦と同居するようになり、早起きが習慣になった。それというのも、毎朝、奈々美が食事を作ってくれるおかげだ。

三か月前までは両親と俊介の三人で暮らしていた。

ところが、父親が定年退職したのを機に、両親は東京を離れて田舎《いなか》に移住することになった。自然と触れ合いながら畑を耕す生活をしたいという。そして、賃貸マンションに住んでいた兄夫婦が実家を譲り受けることになった。

そういった経緯があり、郊外の一戸建てで、俊介は兄夫婦と同居することになったのだ。

「ちょうど準備ができたところだから座って」

奈々美が味噌汁をお椀に注ぎながら微笑んだ。

「うん……」

俊介は言われるまま食卓につこうとする。そのとき、黙って新聞を広げていた兄の晃一郎《こういちろう》が顔をあげた。

「先に顔を洗ってこい」

俊介を一瞥《いちべつ》すると、晃一郎は低い声でつぶやいた。

晃一郎はワイシャツにネクタイを締めており、髪を七三にわけている。子供のころから文武両道で、見た目どおりまじめを絵に描いたような性格だ。十も年が離れているため、俊介には厳しかった。

「だらしないぞ。鏡を見てみろ」

兄にそう言われると反論できない。俊介はそそくさとリビングを出て、洗面所に向かった。

(これのことか……)

鏡に映った自分の姿を見て、小さなため息を漏《も》らした。

パジャマ代わりにしているグレーのスウェットの上下はまだしも、髪に思いきり寝癖がついている。いかにも寝起きという感じがして、いつもきちんとしている兄は許せなかったのだろう。

兄夫婦は結婚して三年が経っている。子供はいないが、もう新婚という感じではない。共働きのせいなのか、夫婦の関係はどこか冷めて見える。

結婚してしまうと、そんなものなのだろうか。いまだに童貞で女性とつき合った経験もない俊介には、夫婦の機微などわかるはずもない。とにかく、兄は少々口うるさいが、美しい兄嫁といっしょに暮らせるのは単純に楽しかった。

髪に水をつけて寝癖を直してからリビングに戻る。すると、すでに晃一郎の姿はなかった。

「兄さんは？」

「もう出かけたわ」

食卓についている奈々美がぽつりとつぶやいた。

「今日も遅いのかな？」

椅子に座りながら、いつものように尋ねた。

晃一郎は大手商社でバリバリ働いている。残業が多くて、帰宅が深夜になることもめずらしくない。俊介としては兄がいないほうが気楽なので、つい確認するのが癖になっていた。

「どうかしら……最近、忙しいみたいだから」

　奈々美はそう言って微笑を浮かべる。

　ただ、心なしかその横顔が沈んで見えたのは気のせいだろうか。兄の帰りが遅いのは、やはり淋しいのかもしれない。

「奈々美さんは、今日もテレワーク？」

　俊介はさりげなく話題を切り替えた。

　奈々美は中堅菓子メーカーに勤務している。経理部に所属しているが、一か月前から会社のオフィススペース縮小に伴い、テレワークになっていた。出社するのは週に一度ほどで、基本的には在宅勤務で働いている。

「ええ、しゅんくんは？」

「講義は午後からで、そのあとはバイトだよ」

　俊介はさりげなく昼はまだ家にいることをアピールする。

　昼すぎまで家にいる日は、奈々美と昼食を摂《と》ることが多い。彼女の仕事しだいではあるが、手料理を食べられることもある。美しくてやさしい兄嫁と、ふたりきりで食事をするのは楽しかった。

「それなら、いっしょにお昼を食べましょうか。なにかリクエストはある？」

「奈々美さんが作ってくれるなら、なんでもいいよ」

　俊介は思わずかぶせぎみに即答する。

「しゅんくんは、いつもおいしそうに食べてくれるから作りがいがあるわ」

奈々美はそう言って、うれしそうに目を細めた。

笑みを向けられると急に照れくさくなり、俊介は視線をそらして味噌汁のお椀に口をつけた。

朝食後、俊介は自室に戻った。

とくにすることもないので、ベッドでゴロゴロしながら雑誌を眺めたり、スマートフォンをいじったりする。そんなことをしているうちにうとうとして、気づくと昼の十二時になっていた。

部屋を出て廊下を進み、書斎の前で立ちどまった。

俊介の部屋の隣に和室があり、そのさらに隣に書斎がある。以前は父親が使っていたのだが、今は奈々美が仕事部屋にしている。ドアの前で聞き耳を立てるが物音はしない。もう一階に降りているのだろうか。

さらに廊下を進み、兄夫婦の寝室の前を通って階段を降りていく。すると、リビングからソースの香りが漂ってきた。

「あっ、しゅんくん。ちょうどできたところよ」

対面キッチンから出てきた奈々美が声をかけてくる。

「今日は焼きそばにしたの。しゅんくん、好きだったでしょ」

食卓にはすでに皿がふたつ置いてあり、ひとつは大盛りになっていた。

「やった。大好きだよ」

俊介が席につくと、奈々美もエプロンをはずして向かいの椅子に座った。

「たくさん食べてね」

「うん、ありがとう」

ふと顔をあげて、思わず息を呑んだ。

兄嫁の白いブラウスに、ブラジャーがうっすら透けている。カップの縁《ふち》にあしらわれたレースと肩紐が、生々しく浮かびあがっていた。物静かで淑《しと》やかなタイプなので、よけいにドキリとしてしまう。

（きっと、奈々美さんも……）

つい妄想がひろがってしまう。

まじめで落ち着いた雰囲気の奈々美だが、夫婦の寝室では兄に抱かれている。いったい、どんなふうに乱れて、どんな声で喘ぐのだろうか。

「しゅんくん？」

そのとき、奈々美に声をかけられて、はっと我に返った。

「どこか、具合でも悪いの？」

俊介が固まっていたので、不思議に思ったらしい。やさしい声音《こわね》を耳にして、慌てて妄想をかき消した。

「ちょ、ちょっと、勉強のことを考えてた」

とっさにごまかそうとするが、頬の筋肉がひきつってしまう。俊介は奈々美から視線をそらすと、急いで箸《はし》を手に取った。

「いただきます」

平静を装って、焼きそばを食べはじめる。しかし、つい口につめこみすぎて、むせそうになった。

「う、美味《うま》い」

なんとか飲みこむと、感想を口にする。そんな俊介のことを、奈々美が楽しげに見つめていた。

「しゅんくんがいてくれて助かるわ」

「えっ、どういうこと？」

反射的に聞き返す。

理想は夫婦ふたりきりではないのか。自分は邪魔をしていると思っていたので、意外な言葉だった。

「だって……ひとりより、ふたりで食べたほうがおいしいでしょう」

奈々美はさらりとつぶやいた。

「あ、ああ……そうだよね」

思わず拍子抜けしてしまう。

なにか衝撃的なことを言われる気がして、無意識のうちに身構えていた。ほっとすると同時に物足りなさも感じた。

(俺はなにを期待してたんだ……)

苦笑を漏らして焼きそばを口に運んだ。

奈々美にとって、俊介は夫の弟でしかない。こうして、同じ家で暮らせるだけでもありがたかった。

2

六月のとある日――。

急遽、午後の講義が休講になったため、予定より早く家に帰ってきた。

時刻は昼の一時をすぎたところだ。奈々美は昼食を食べ終えて、すでに仕事を再開しているころだろう。邪魔をしないようにインターホンは鳴らさず、俊介は自分で玄関の鍵《かぎ》を開けて家に入った。

(喉、乾いたな……)

水を飲もうと思ってリビングに向かう。

兄はいつもどおり出社しているので、奈々美とふたりきりだ。しかし、奈々美は仕事に集中していると書斎から出てこない。おそらく夕方にならないと、顔を見ることはできないだろう。

ドアを開けて、リビングに足を踏み入れたときだった。

(な、奈々美さん?)

思わず息を呑んで立ちつくした。

ソファに奈々美が横たわっている。まさかリビングにいるとは思わないので、ドキリとしてしまう。左腕を下にして横になり、目をそっと閉じていた。

休憩しているうちに、居眠りしてしまったのだろうか。俊介は夕方に帰ると言ってあったので、油断していたのかもしれない。

この日はポカポカして暖かいため、奈々美は白いTシャツに黄色のショートパンツという格好だ。呼吸に合わせて、Tシャツの胸のふくらみが微かに上下している。しかも、襟《えり》もとから白い乳房の谷間がチラリとのぞいていた。

(こ、これは……)

ついフラフラと歩み寄ってしまう。

染みひとつない三十歳の艶《つや》やかな肌が、なめらかな谷間を形作っている。魅惑的な曲線に誘われて、思わずのぞきこんでいた。

それだけではなく、ショートパンツの裾《すそ》から白い太腿《ふともも》が剝《む》き出しになっている。やはり肌は艶々しており、むちっとして柔らかそうだ。無駄毛はいっさいなく、膝はツルリとして、脹《ふく》ら脛《はぎ》はほっそりしている。

（こ、こんな格好で……）

無防備な兄嫁の姿から視線をそらせない。

これまでもチラリとなら何回か見たことがある。しかし、これほどじっくり観察するのは、これがはじめてだ。いっしょに暮らしていても、なかなか出くわさない貴重な場面だ。

欲望がこみあげて、ペニスがむくむくとふくらみはじめる。あっという間に、スウエットパンツの前が大きなテントを張った。

「うっ……」

自然と右手が股間に重なり、布地ごしにペニスをにぎっていた。その瞬間、小さな声が漏れて、はっと我に返った。

今、奈々美が目を覚ましたらと思うと恐ろしくなる。兄嫁の寝姿を見ながら、服の上からとはいえペニスを握っているのだ。この状況で言い逃れはできない。奈々美に軽蔑されるのは間違いなかった。

（や、やばい、ここから離れないと……）

俊介は音を立てないように注意しながら、じりじりとあとずさりする。

そもそも水を飲みに来たのだが、そんなことはどうでもいい。一刻も早く、この場を離れるべきだ。なんとかリビングから廊下に出ると、足音を忍ばせながら階段を昇り、自室へと逃げこんだ。

ベッドに座ると大きく息を吐き出して、額に滲《にじ》んだ汗を手の甲で拭《ぬぐ》う。

奈々美の艶《なま》めかしい姿を目にしたことで、欲情してしまった。ペニスはまだギンギンに勃起したままだ。

（な、奈々美さん……）

股間に手が伸びそうになるのを懸命にこらえた。

さすがに兄嫁をおかずにするのは気が引ける。それでも、脳裏には奈々美の乳房の谷間や太腿が浮かんでいた。

喉の渇きを覚えて目が覚めた。

ぼんやり天井を眺めているうちに眠ってしまったらしい。枕もとに置いてあるスマホで確認すると、もうすぐ午後三時になるところだ。俊介はベッドの上で体を起こすと、大きく伸びをした。

奈々美も目を覚まして、もう書斎に戻っているだろう。

俊介は部屋を出ると、仕事の邪魔をしないように階段を静かに降りていく。そして、リビングのドアをそっと開いた。

（えっ……）

その瞬間、ドアレバーをつかんだ状態で固まった。

リビングに奈々美がいた。ソファに腰かけて、両手で顔を覆っている。肩が小刻みに震えており、微かな嗚咽《おえつ》が漏れていた。

（泣いてる……）

はじめて見る姿に動揺してしまう。

いつも穏やかな笑みを浮かべている奈々美が泣いているのだ。いったい、なにがあったというのだろうか。

服装は先ほどと同じ、白いTシャツに黄色のショートパンツだ。ずっとここにいたのだろうか。俊介がいることに気づいていないのか、うつむかせた顔をあげようとしなかった。

（ど、どうすれば……）

俊介は立ちつくしたまま動けずにいた。

声をかけるべきだろうか。しかし、泣いているところを見られたくないかもしれない。先ほどは寝ていたのだから、俊介が帰宅したことを知らない可能性もある。ひとりだと思って、リビングで涙を流していたのではないか。

(それなら、黙って立ち去ったほうが……)

答えを出せないまま、時間ばかりが無駄にすぎていく。

やはり、いきなり声をかけるのはデリカシーに欠ける気がする。ドアをそっと閉めようとしたとき、床がギシッと鳴った。

「あっ……」

奈々美がはっと顔をあげる。

視線が重なり、俊介は思わず固まった。ドアレバーを握ったまま動けない。奈々美は嗚咽こそ漏らしていないが、瞳は明らかに濡れていた。

「は、早かったのね……」

奈々美は指先でさりげなく目もとを拭うと、なにごともなかったように話しかけてくる。どうやら、たった今、俊介が帰ってきたと思ったらしい。

「う、うん……午後の講義がなくなったんだ」

頬の筋肉がこわばってしまうが、とっさにそう答えた。

おそらく、奈々美は泣いていたことを知られたくないと思っている。だから、平静を装っているのだろう。それなら、よけいなことは言わず、彼女に合わせるべきだと思った。

「奈々美さんは休憩中？」

この状況で、すぐ自室に向かうのも不自然だ。俊介はリビングに入ると、ソファにゆっくり歩み寄る。

「そうなの……」

ショートパンツから剝き出しになっている脚が恥ずかしいのか、奈々美は両手を自分の太腿にそっと重ねた。

「ひとりだと思って……こんな格好でごめんね」

「い、いえ、別に……」

俊介としてはうれしいが、そんなことは冗談でも言える雰囲気ではない。言葉がつづかないが、ここで立ち去るのも違う気がする。

「座ったら」

奈々美に声をかけられて、俊介は小さくうなずいた。

ソファは三人掛けで、奈々美は右端に座っている。あまり間隔を空けるのもおかしい気がして、俊介はさりげなさを装って隣に腰をおろした。ソファの座面がわずかに沈み、ミシッという小さな音が響いた。

隣をチラリと見やれば、奈々美はうつむき加減に黙りこんでいる。

（なにか話さないと……）

そう思うが、話題がまったく浮かばない。

こんな状況だというのに、剝き出しの白い太腿が気になってしまう。時間が経つほどに空気が重くなっていく。

「あ、あの……」

思いきって話しかける。

このまま沈黙がつづくのは耐えられない。かといって、なにか話題が思い浮かんだわけでもなかった。

奈々美がこちらに顔を向ける。

かろうじて口もとに笑みを浮かべているが、瞳は悲しげに潤んでいた。これほどつらそうな顔を見るのは、これがはじめてだ。

「大丈夫？」

俊介は逡巡したすえに切り出した。

やはり、なにも触れないのは不自然だ。泣いているところを目撃したのに、放っておくことはできなかった。

「う、うん……ありがとう。大丈夫よ」

奈々美は淋しげな微笑を浮かべる。

平静を装っているつもりかもしれないが、無理をしているのがわかった。その笑顔が痛々しく感じて、俊介まで胸が苦しくなってしまう。涙の理由に触れてほしくないのか、奈々美は視線をすっとそらした。

「そろそろ、仕事に戻らないと」

「な、奈々美さん」

俊介は思わず呼びとめた。

立ちあがろうとした奈々美が、驚いた様子で動きをとめる。そして、再びソファに腰をおろした。

「あ、あの……ば、晩ご飯のことだけど……なんか忙しいみたいだから、今日は作らなくてもいいよ」

とっさに頭に浮かんだことを口にする。すると、奈々美はふっと力の抜けたような笑みを浮かべた。

「しゅんくんは、やさしいわね」

そう言って再び黙りこむ。またしても重い沈黙がひろがり、今度こそ俊介は言うことがなくなってしまった。

「あの人も……昔はやさしかったのに……」

しばらくして、奈々美が独りごとのようにつぶやいた。

あの人というのは、おそらく晃一郎のことだろう。もしかしたら、夫婦喧嘩でもしたのだろうか。

「兄さんと、なんかあったの？」

俊介が遠慮がちに尋ねると、奈々美はためらいながらもうなずいた。

「ちょっと、いろいろあったの……」

言いにくいことなのかもしれない。奈々美はなにかを考えこむようにうつむいていたが、やがてぽつりぽつりと語りはじめた。

「あの人……晃一郎さん、ここのところ、帰りが遅いでしょう」

「うん……」

残業が多くて、帰宅が深夜になることもめずらしくない。そればかりか、終電に間に合わず、明け方に帰ってくることもあるようだ。

「本当は違うみたいなの……」

奈々美の声がどんどん小さくなっていく。

いやな予感がする。晃一郎は妻に残業だと嘘をついて、いったい、なにをしているのだろうか。

（まさか、浮気……）

まっ先に脳裏に浮かんだのは浮気だが、すぐさま自分の考えを否定する。

まじめな兄が、浮気をするとは思えない。口うるさいところはあるが、優秀な兄を尊敬している。酒もほとんど飲まず、どちらかというと冗談の通じない堅物《かたぶつ》という印象だ。

「知り合いが、晃一郎さんが若い女の人と歩いているのを見たって……」

奈々美の声はますます小さくなる。顔をうつむかせて、今にも泣き出しそうになっていた。

「人違いってことは……」

「その知り合いの人、晃一郎さんの会社で働いているの。毎日、顔を合わせているから、間違えることはないって言っていたわ。女の人は違う会社の人みたい。たぶん、取引先の人じゃないかって……」

「で、でも、女の人といっしょにいたからって、別に……」

まだ浮気と決まったわけではない。そう言おうとするが、奈々美は首を小さく左右に振った。

「ホテルに入っていくところを見たって」

決定的な証言だった。

しかも、ふたりは入ったのはラブホテルだという。普通のホテルなら言いわけのしようもあるが、これはほぼ確定だろう。

（あの兄さんが、浮気……）

信じられない気持ちが強く、即座に言葉を返せない。

隣では奈々美が悲しげに語りつづけている。知人が目撃した日、兄は残業だと言っていたらしい。妻に嘘をついて、女に会っていたことになる。じつは俊介も、最近やけに残業が多いなと不思議に思っていた。

「今日も遅くなるって、メールが来たの……」

奈々美はぽつりとつぶやき、肩を小刻みに震わせる。瞳に涙が盛りあがり、瞬《また》く間に溢れて頬を伝い落ちた。

晃一郎は残業と偽《いつわ》り、今夜も女に会うつもりなのかもしれない。その偽装工作でメールを送ったのではないか。そして、奈々美はメールを見て、悲しみに打ちひしがれていたのだろう。

「わたし、どうしたらいいのか……」

奈々美は両手で顔を覆うと嗚咽を漏らす。そして、身体をすっと寄せると、俊介の肩に頭をちょこんと預けてきた。

「な、奈々美さん……」

思いがけない展開に困惑してしまう。

奈々美の髪から甘いシャンプーの香りが漂ってくる。チラリと見やれば、Tシャツの襟ぐりから白い乳房の谷間がのぞいていた。剥き出しのむっちりした太腿も、チノパンごしとはいえ俊介の脚に触れている。

（ちょ、ちょっと……）

動揺を隠せず視線が泳いでしまう。

童貞の俊介には刺激が強すぎる。それでも、なんとか奈々美を慰めようと、肩にそっと手をまわした。

「だ、大丈夫？」

言った直後、自分でも間抜けなことを尋ねたと思う。

夫が浮気をしているのだ。大丈夫なはずがない。奈々美は嗚咽を漏らすだけで、まともに答えることもできない状態だ。もはや身体に力も入らず、俊介の肩にぐったり寄りかかっていた。

（ど、どうしたらいいんだ……）

こういうとき、どんな言葉をかければいいのだろうか。

ただでさえ女心に疎《うと》いのに、密着したことで心が乱れている。胸の鼓動が速くなるばかりで、なにも思い浮かばなかった。

「うっ……うぅっ」

奈々美の悲しげな嗚咽だけがリビングに響いている。

俊介にできるのは、彼女の震える肩を抱くことだけだ。いつも笑顔を絶やさないのに、今は大粒の涙をこぼしている。俊介はなんとかしてあげたくて、とにかく黙って肩を撫でつづけた。

どれくらい経ったのだろうか。奈々美は顔をゆっくりあげると、息がかかるほど近くから見つめる。

「ありがとう……」

つぶやく声は今にも消え入りそうなほど小さい。それでも、泣いたことで多少は落ち着いたのか、もう涙は流していなかった。

(なんてきれいなんだ……)

潤んだ瞳に吸いこまれそうな錯覚に陥《おちい》る。気づいたときには、彼女の顔に見惚《みと》れていた。

(お、俺は、なにを……)

はっと我に返り、慌てて肩を抱いていた手を離そうとする。そのとき、彼女の柔らかい手が甲にそっと重なった。

「もう少し、このままでいて……」

懇願するような声音にドキリとする。

じっと見つめられると、断ることはできない。俊介は顔が熱く火照《ほて》るのを感じながら、声も出せずにうなずいた。

3

「今だけでいいの」

奈々美は小声でささやくと、手のひらを俊介の太腿に置く。そして、チノパンごしに、スリッ、スリッと撫ではじめた。

「な、なにを……」

俊介がとまどいの声を漏らしても、奈々美はやめようとしない。それどころか、手のひらを内腿に滑りこませた。

「ちょ、ちょっと……」

「お願い……お願いだから……」

切実な瞳を向けられると、ますますとまどってしまう。

ところが、奈々美は淋しげな表情とは裏腹に、内腿をねちっこく撫でている。しかも、徐々に股間へと近づいていた。

「あ、あの……奈々美さん？」

「いっしょにいてくれるだけでいいの」

これほどせつない願いがあるだろうか。

夫に裏切られたことで、深い悲しみを抱えている。淋しくてたまらず、誰かの温《ぬく》もりを求めていた。

しかし、俊介は極度に緊張した状態だ。美しい兄嫁が密着して、内腿に手のひらを滑りこませている。しかも、手のひらはじりじりと股間に迫り、今にも触れそうになっていた。

「そ、それ以上は……」

困惑している間に、奈々美の手のひらが股間に到達する。チノパンの上からとはいえ、ペニスにぴったり重なった。

「ううっ」

その瞬間、小さな声が漏れてしまう。

布地ごしに触れただけで、快感が波紋《はもん》のように全身へとひろがった。女性経験のない俊介にとって、これだけでも刺激的な体験だ。ペニスは瞬く間に硬くなり、ボクサーブリーフのなかで我慢汁を振りまいた。

「ああっ、硬い……」

奈々美がため息まじりにつぶやき、布地ごとペニスをやさしく握る。そして、ゆったりしごきはじめた。

「ちょ、ちょっと待って……ううっ」

俊介は慌てて声をあげる。すると、奈々美は手の動きをとめて、視線をすっと落とした。

「わたしなんて、いやよね……」

ようやく聞き取れるくらい小さな声だった。

夫に浮気されたことで、自虐的になっているのかもしれない。悲しげな顔をされると、申しわけない気持ちがふくれあがった。

「ち、違うんです、そうじゃなくて……」

俊介は慌てて語りかける。

驚いただけで、決して奈々美がいやなわけではない。むしろ期待に胸が高鳴っているが、兄の妻だと思うと罪悪感もこみあげる。

(で、でも、奈々美さんと……)

想像するだけで、ますますペニスは硬くなってしまう。

だが、俊介は童貞だ。せっかくセックスできるチャンスだが、どうすればいいのかわからなかった。

「ごめんね……」

奈々美がうつむいたまま、ぽつりとつぶやく。

落ちこんでいる彼女を慰めたい気持ちと、セックスをしたいという欲望が同時にふくれあがった。

「お、俺……はじめてなんです」

意を決して打ち明けた。

童貞であることを知られるのは恥ずかしい。だが、隠したままではセックスできない。失敗するのは目に見えていた。

「しゅんくん？」

奈々美がはっとした感じで顔をあげる。

見つめられると羞恥がこみあげて、耳が熱くなっていく。鏡を見なくても赤面しているのがわかる。それを意識することで、ますます恥ずかしさに拍車がかかる。

「だ、だから、奈々美さんがいやなわけじゃないんです。し、したことないから、やり方がわからなくて……」

「そうだったの」

奈々美がそう言って、いったん黙りこむ。なにかをじっと考えるような顔をしてから、再び口を開いた。

「はじめてが、わたしでもいいの？」

「は、はいっ、奈々美さんがいいですっ」

つい声が大きくなってしまう。

奈々美がはじめての相手をしてくれるなど、これまで考えたこともない。なにしろ兄の妻なのだ。ありえないことが現実になろうとしている。興奮を抑えられず、ボクサーブリーフのなかでペニスが疼《うず》いた。

「うれしい……あの人は相手にしてくれないから……」

独りごとのようなつぶやきだった。

その直後、奈々美は気を取り直したような微笑を浮かべる。そして、身体をさらに寄せて、俊介と密着した。

（な、奈々美さんの……）

Tシャツの胸のふくらみが、俊介の肘に触れている。乳房の柔らかさが伝わり、緊張感が高まった。

「お、俺、どうすれば……」

「大丈夫よ。わたしにまかせて」

奈々美は耳もとでささやくと、俊介のチノパンに手を伸ばす。

ボタンをはずして、ファスナーをゆっくりおろしていく。前が開いて、張りつめたグレーのボクサーブリーフが露《あらわ》になる。ふくらみの頂点の部分には、我慢汁の黒い染みがひろがっていた。

「お尻を浮かして」

言われるまま尻を持ちあげる。すると、チノパンとボクサーブリーフがまとめて引きさげられた。

「くっ……」

勃起したペニスが勢いよく跳ねあがり、思わず小さな声が溢れ出す。亀頭はパンパンに張りつめて、竿《さお》は青スジが浮かぶほど太くなっていた。

「大きい……」

兄嫁が目をまるくして肉棒を見つめている。

その表情から本心で言っているのが伝わり、恥ずかしさとうれしさが同時にこみあげた。

やがて奈々美の白くてほっそりした指が、太幹に巻きつけられる。自分以外の指が触れるのは、これがはじめてだ。やんわりと握られただけで、甘い刺激が股間から全身に走り抜けた。

「ううっ……」

「痛かった？」

俊介が思わず声を漏らすと、奈々美は慌てて手を放してしまう。せっかくの快感が一瞬で消えてしまった。

「き、気持ちよくて……」

「そうなんだ」

奈々美はうれしそうにつぶやき、再び太幹をやさしく握る。そして、ゆったりと指をスライドさせた。

「うっ……ううっ」

またしても快楽の呻《うめ》きが漏れてしまう。しかし、奈々美は手を放すことなく、太幹をしごきつづける。

(な、奈々美さんが、こんなことを……)

俊介は信じられない気持ちで自分の股間を見おろしていた。

勃起したペニスを、奈々美がやさしく刺激しているのだ。太幹はこれ以上ないほど硬くなり、先端の尿道口から我慢汁が次から次へと溢れている。亀頭から竿へと流れ落ちて、彼女の白魚《しらうお》のような指を濡らしていた。

「こんなになって……気持ちいいのね」

奈々美のささやきに、俊介は声も出せずに何度もうなずく。

自分でしごくのとは比べものにならない快感だ。大量の我慢汁が潤滑油となり、指の動きがスムーズになっている。ヌルリッ、ヌルリッと滑るたび、膝が小刻みに震えてしまう。

「くうっ……な、奈々美さんっ」

俊介は呻きまじりに訴えた。

このままだと、すぐに限界が訪れる。童貞の俊介には強烈すぎる刺激だ。あと数回しごかれただけで、暴発するのは目に見えていた。

「そ、そんなにされたら……」

懸命に訴えると、奈々美はようやく手の動きを緩める。

「ごめんなさい……わたしも、久しぶりだから……」

そう言って、頬をぽっと赤らめた。

どうやら、興奮しているのは俊介だけではないらしい。奈々美からすれば、俊介は夫の弟だ。しかも、ふだん夫も座っているソファで、俊介のペニスを握っている。この状況で背徳感を刺激されないはずがなかった。

「な、奈々美さんも……」

俊介は小声でつぶやいた。

自分だけペニスを剝き出しにしているのは恥ずかしい。奈々美の裸を見たくてたまらなかった。

「そうよね。わたしも……」

俊介の熱い眼差しから、なにかを感じ取ったらしい。奈々美は視線をすっとそらして小さくうなずいた。

腕をクロスさせてTシャツの裾を摘《つ》まむと、ゆっくりまくりあげていく。白い腹が現れて、やがて純白のブラジャーが見えてくる。縁にあしらわれた精緻《せいち》なレースを目にしただけで、俊介の胸の鼓動はさらに速くなった。

Tシャツを頭から抜き取ると、奈々美は頬を赤く染めあげた。

カップで寄せられた乳房の谷間に、ついつい視線が吸い寄せられる。彼女が身じろぎするたび、柔らかそうに揺れていた。想像していたよりもはるかに大きく、俊介は思わず生唾《なまつば》を飲みこんだ。

「そんなに見られたら、恥ずかしいわ……」

奈々美は羞恥を訴えながら立ちあがる。そして、今度はショートパンツをおろしはじめた。

純白のパンティが見えると、いよいよ俊介の欲望は暴発寸前までふくれあがる。

パンティが貼りついた恥丘は肉厚でふっくらしており、縁がわずかに食いこんでいるのが生々しい。腰がくびれて魅惑的な曲線を描いている。淑やかな奈々美が、これほど艶めかしい身体をしていることに驚かされた。

(す、すごい……)

まだ下着姿だが、それでも興奮は最高潮に達している。俊介も立ちあがると、服を脱ぎ捨てて裸になった。

ペニスはこれでもかと屹立《きつりつ》して、自分の下腹部に密着している。先端からは我慢汁がじくじく溢れており、亀頭も太幹も濡れ光っていた。牡《おす》の濃厚な匂いも漂っているが、奈々美はいやな顔をするどころか、うっとりした瞳で見つめている。

「しゅんくんの、本当に大きい……」

ため息まじりにつぶやき、両手を背中にまわしてブラジャーのホックをはずす。とたんにカップが上方に弾《はじ》け飛び、双《ふた》つの乳房がプルルンッとまろび出た。

（おおっ……）

俊介は思わず目を見開き、腹のなかで唸った。

まさか、はじめてナマで目にする女性の裸が奈々美になるとは思いもしなかった。ヌード画像は雑誌やインターネットでいつでも閲覧できるが、同じ家で暮らしている兄嫁の裸となると興奮度合いがまるで違う。

奈々美の乳房は、かなり美乳の部類に入るのではないか。白いふくらみは染みひとつなく、張りがあってたっぷりしている。恥ずかしげに身じろぎするたび、まるでプリンのようにふるふると揺れていた。

丘陵の頂点には、ピンク色の乳首がちょこんと乗っている。視線を感じて反応したのか、触れてもいないのに硬くなっていた。

「女の身体……見るのは、はじめて？」

奈々美がささやくような声で尋ねる。

俊介の熱い視線を感じて、照れているのかもしれない。顔がまっ赤に染まり、腰をしきりにくねらせている。しかし、そうやって恥じらうことで、双つの乳房は誘うようにタプタプ弾《はず》んだ。

「は、はじめてです……」

俊介は瞬《まばた》きするのも忘れてつぶやいた。

目の前の乳房が気になって仕方ない。触りたい衝動に駆られるが、奈々美は指をパンティにかけると、ゆっくりおろしはじめる。少し前屈みになり、薄布をまるめるようにしながらさげていく。

信じられない光景が目の前で展開されている。

兄の美しい妻が、昼の陽光が射しこむリビングで裸身をさらしているのだ。今まさにつま先から最後の一枚であるパンティを抜き取り、前屈みになっていた身体をゆっくり起こした。

（こ、これが、奈々美さんの……）

俊介は思わず息を呑んだ。

乳房はボリューム満点で、肉厚の恥丘には黒々とした陰毛が自然な感じで茂っている。

言葉を失って見惚れてしまう。

毎日、顔を合わせている奈々美の裸だと思うと、目眩《めまい》がするほど気持ちが高ぶった。男根はさらに硬さを増して、我慢汁を大量に垂れ流している。

「しゅんくん……」

奈々美が一歩踏み出した。

顔を寄せたかと思うと、唇をそっと重ねてくる。今にも溶けてしまいそうな感触に陶然《とうぜん》となり、全身に衝撃が突き抜けた。

これが俊介のファーストキスだ。

女性の唇がこれほど柔らかいとは知らなかった。きっと柔らかいのだろうと思ってはいたが、実際は想像をはるかにうわまわっていた。奇跡のような感触に身動きできずにいると、さらに柔らかい舌が唇を割り、ヌルリと口内に入ってきた。

「はンンっ……」

奈々美が微かに漏らす声も色っぽい。緊張で震えている舌をからめとられて、やさしく吸いあげられる。唾液を飲まれるのが気持ちよくて、俊介は思わず目をうっとり閉じていた。

「もしかして……キスもはじめて?」

唇を離すと、奈々美がやさしく語りかけてくる。

「は、はい……」

俊介は恥ずかしさに視線を泳がせながらうなずいた。すると、奈々美が抱きしめてくれる。

「じゃあ、もう一度……」

再び唇が重なった。

舌を吸われると、今度は俊介もそっと吸い返す。彼女の唾液は甘くて、メイプルシロップのような味わいだ。舌をからめることで、ますます気持ちが高まっていく。いつしか激しく舌を吸い合うディープキスになっていた。

（ああっ、最高だ……）

人生初のキスに酔いしれている。すると、奈々美が俊介の右手をそっと取り、自分の胸へと導いた。

手のひらが乳房に重なり、マシュマロのような感触が伝わってくる。

乳房に触れるのは、これがはじめてだ。男の体ではあり得ない柔らかさに、テンションが一気にあがっていく。恐るおそる指を曲げてみる。すると、まるで吸いこまれるように、指先が柔肉のなかに沈みこんだ。

（す、すごい……なんて柔らかいんだ）

俊介は極度の緊張と興奮で声をあげることもできなかった。

左手も伸ばすと、夢中になって乳房を揉みはじめる。蕩《とろ》けるような感触がたまらない。指をめりこませるたび、双つの柔肉はいとも簡単に形を変えた。

「ンンっ……やさしくね」

奈々美が微かに身をよじる。

興奮のあまり、力が入っていたかもしれない。慌てて力を抜くと、ゆったり揉みあげた。

「そうよ。上手ね」

単純なもので、褒められるとうれしくなる。馬鹿のひとつ覚えのように、双乳を執《しっ》拗《よう》に揉みつづけた。

奈々美はうっとりした表情で目を細めている。乳房を揉まれるのが気持ちいいのだろうか。やがて奈々美が股間に手を伸ばしてくる。再びペニスに指が巻きついて、とたんに快感がひろがった。

「ううっ……」

思わず声が漏れてしまう。だが、もはや恥ずかしいと思う余裕がないほど興奮していた。

「すごく硬い……」

奈々美が小声でつぶやく。そして、ゆるゆるとしごきはじめる。

「な、奈々美さんっ」

俊介は思わず腰をよじった。

我慢汁にまみれた肉棒の表面を、奈々美の柔らかい指が滑っている。張り出したカリを擦られると、快感電流は瞬間的に跳ねあがった。

「くううッ」

呻き声が大きくなる。俊介はふくれあがる興奮にまかせて、指先で双つの乳首を摘まみあげた。

「あっ、そ、そこは……もっと、やさしく……」

「こ、こうですか？」

言われるまま、指先で乳首をそっと転がしてみる。表面を撫でるように、できるだけソフトな愛撫を意識した。

「ああンっ」

奈々美の唇から甘い声が溢れ出す。腰をくねらせて、ペニスに巻きつけた指に力をこめた。

「ううッ、そ、そんなに強くされたら……」

思わず腰が引けて、膝が崩れそうになる。全身がカッと熱くなり、我慢汁の量がさらに増えた。

「お、俺、もう……」

このままでは暴発してしまう。たまらず訴えると、奈々美は微笑を浮かべてペニスから手を放した。そして、ソファの前に置いてあるガラステーブルを押して、スペースを作った。

「ここで横になって」

「は、はい……」

俊介は興奮に息を荒らげながら仰向《あおむ》けになる。

ペニスが勃起しているのが恥ずかしいが、それよりセックスへの期待が高まっていた。今から童貞を卒業できると思うと、それだけで勃起しているペニスがヒクヒクと揺れる。

奈々美が俊介の腰をまたいで、両膝を絨毯《じゅうたん》についた。

そのとき、彼女の股間が視界に入った。白い内腿の奥に紅色の陰唇がある。インターネットの無修正画像なら見たことがあるが、ナマはこれがはじめてだ。実物の女性器は生々しくて、思わず視線が吸い寄せられた。

（あそこに挿《い》れるのか……）

どんな感触なのか想像もつかない。

二枚の女陰は愛蜜でヌラヌラ光っている。赤貝に似ているが、女性の股間だと思うとひどく淫らに感じた。

「本当にわたしでいいの？」

奈々美は屹立したペニスの真上にまたがり、せつなげな表情で見おろしている。そして、右手を伸ばすと太幹をつかみ、亀頭を女陰に押し当てた。

クチュッ――。

微かな蜜音が響き、心臓がドクンッと鳴った。

はじめてのセックスが、すぐ目の前に迫っている。彼女がほんの少し腰を落とすだけで、亀頭が膣《ちつ》のなかに入るのだ。

「な、奈々美さんがいいですっ」

俊介は思わず叫んだ。

ただセックスがしたいだけで言ったのではない。触れ合ったことで気持ちが盛りあがったのか、はじめての相手は奈々美がいいと心から思った。奈々美は兄の妻だ。それはわかっているが、欲望は最高潮に高まっていた。

「うれしい……」

奈々美は瞳を潤ませてつぶやくと、腰をゆっくり落としはじめる。亀頭の先端が陰唇の狭間《はざま》にヌプリッとはまり、瞬く間にカリ首まで収まった。

ペニスの先端を熱い媚肉に包みこまれて、快感の大波が襲ってくる。俊介はたまらず呻き声を漏らすと、両脚をつま先までピーンッとつっぱらせた。

「す、すごいっ……くうううッ」

両手で絨毯をつかみ、全身の筋肉に力をこめる。

そうしなければ、あっという間に射精してしまいそうだ。膣粘膜がウネウネと蠢《うごめ》いて、亀頭の表面を這いまわっている。膣口もキュウウッと締まり、カリ首を甘く締めつけていた。

「ああっ、大きい……」

奈々美は独りごとのようにつぶやき、さらに腰を落としこむ。ペニスがズブズブと呑みこまれて、ついに根元まで膣に収まった。

(は、入った……全部、入ったんだ)

腹の底から悦《よろこ》びがこみあげる。

ついに童貞を卒業したのだ。しかも、筆おろしをしてくれたのは兄の妻だ。背徳感が押し寄せて、女壺のなかで我慢汁がどっと溢れ出した。

「あンっ、ひとつになったのね」

奈々美は片手を自分の下腹部にあてがうと、喘ぐようにつぶやく。そして、たまらなそうに腰をくねらせた。

「しゅんくんを感じるわ……はあンっ」

「う、動かないで……」

俊介は慌てて訴える。彼女が腰をよじると、膣のなかがうねり、ペニスが猛烈に締めつけられるのだ。凄まじい快感の波が押し寄せて、先ほどよりも強烈な射精欲がこみあげた。

このままだと、すぐに限界が来てしまう。痛みで射精欲をごまかそうと、両手の爪を自分の太腿に食いこませた。

「うぐぐッ」

なんとか射精欲の波を耐え忍ぶ。

しかし、見あげれば奈々美が全裸で股間にまたがっているのだ。たっぷりした乳房から細く締まった腰への曲線が色っぽい。股間に目を向ければ、彼女の漆黒の陰毛と自分の陰毛がからまっていた。

（お、俺、本当に奈々美さんと……）

隆々と勃起した肉棒が、女壺のなかにすべて収まっている。奈々美とセックスしていることを実感して、新たな興奮が胸の奥に湧きあがった。

「動くわね……ンンっ」

奈々美は両手を俊介の腹につくと、腰をゆっくり振りはじめる。

まるで陰毛を擦りつけるような前後動だ。ペニスは根元まで埋まった状態で、膣壁にネチネチとこねまわされている。愛蜜でぐっしょり濡れているところに、柔らかい膣襞《ひだ》が這いまわるのだ。

「ううッ、す、すごい……」

またしても愉悦《ゆえつ》の波が押し寄せる。

女壺のなかで男根がヒクつき、我慢汁が大量に溢れてしまう。鮮烈な快感が突き抜けて、股間から四肢の先までひろがった。

「あンっ……なかで動いてるわ」

奈々美が濡れた瞳で見おろしている。

視線が重なることで、快感がさらに大きくなっていく。うねる膣壁の感触がたまらない。亀頭や竿はもちろんのこと、カリの裏側にまで蠢く襞が入りこんでいる。敏感なところを隅から隅まで刺激されていた。

「な、奈々美さん……ううッ」

情けない呻き声が漏れてしまう。

俊介は完全に受け身の状態だ。ただ仰向けになっているだけで、奈々美が騎乗位でペニスを貪《むさぼ》っている。目の前で大きな乳房が揺れているのも、視覚的に欲望を煽《あお》り立てていた。

「あっ……あっ……」

奈々美の唇から切れぎれの喘ぎ声が溢れている。

腰をねちっこく振るたび、彼女の下腹部がヒクヒクと波打つ。もしかしたら、少しは感じているのだろうか。そんなことを考えると、なおさらペニスに受ける快感は大きくなった。

「こ、これ以上されたら……」

限界が目前に迫っている。

かすれた声で訴えるが、奈々美は腰の動きを緩めようとしない。それどころか、両膝を立てると腰を上下に振りはじめた。

「あンっ……しゅんくんっ、ああンっ」

「くううッ、そ、それは……」

膣壁でペニスを擦りあげられて、快感が爆発的に大きくなる。濡れた粘膜が這いまわる感触は強烈で、頭のなかがまっ赤に燃えあがった。

「ま、待って、そんなにされたら……くおおッ」

俊介の訴えは無視されて、奈々美の腰の動きはますます加速していく。

あのやさしくて淑やかな兄嫁が、両膝を立てて膝を開いた騎乗位で、淫らに腰を振っているのだ。信じられない光景を目《ま》の当たりにしながら、俊介の射精欲は急速に高まっていく。

「くううッ、き、気持ちいいっ」

「もっと……もっと、わたしで気持ちよくなって」

俊介の呻き声を聞くと、奈々美はさらに腰を激しく振りはじめる。

腹に置いていた両手を胸板に移動させて、指先で乳首をコリコリといじり出す。そうしながら、膣でペニスを絞めあげていく。兄嫁による二ヵ所責めに、俊介は激しい快感を覚えた。

「おおおッ、気持ちいいっ、も、もうっ……おおおッ」

「いいのよ、我慢しないで、出してっ……あああッ」

これ以上は我慢できない。全身の筋肉に力をこめるが、もう射精欲を抑えることは不可能だ。

「も、もうダメだっ、おおおおッ」

俊介は無意識のうちに、股間をググッと持ちあげた。ペニスがより深い場所まで膣に収まり、密着感が高まった。

「で、出るっ、おおおッ、おおおおおおッ！」

たまらず雄叫《おたけ》びを轟かせて、媚肉に包まれたペニスが思いきり脈動する。頭のなかがまっ白になり、大量の精液が尿道を駆け抜けていく。凄まじい快感の嵐が吹き荒れて、全身がガクガクと跳ねるように痙攣《けいれん》した。

「あああああッ！」

奈々美も喘ぎ声を響かせる。膣の奥で大量の精液を受けとめて、騎乗位でつながった女体が仰《の》け反った。

膣のなかで、男根がまだヒクついている。セックスで昇りつめる快感は、オナニーとは比べものにならない。なにも考えられなくなるほど強烈な愉悦が、全身にひろがった。

奈々美が息を乱しながら、俊介に覆いかぶさる。力を失ったペニスが、膣からズルリッと抜け落ちるのがわかった。

ふたりの息づかいだけが、午後の光が射しこむリビングに響いている。俊介も奈々美も口を開かない。ただ肌を重ねたまま、じっとしていた。

どれくらい経ったのだろうか。ようやく呼吸が落ち着いてくる。

奈々美が黙って立ちあがり、こちらに背中を向けて服を身につけていく。俊介も彼女に倣《なら》って服を着た。

「これっきりに……」

奈々美は振り返らずにつぶやくと、リビングをあとにする。階段を昇る足音が聞こえるので、おそらく二階の書斎に向かったのだろう。

（まさか、こんなことになるなんて……）

ひとり残された俊介は、気まずい思いで立ちつくしていた。

奈々美になにか言葉をかけるべきだったろうか。しかし、兄の妻とセックスをしてしまった直後だ。時間とともに罪悪感が重くのしかかってきて、呆然とするしかなかった。

第二章　自宅で夜這い

1

「しゅんくん、おはよう」

リビングに足を踏み入れると、奈々美がいつものように声をかけてくれる。

対面キッチンごしに微笑を向けるが、どこかよそよそしい感じがした。以前とは確実になにかが変わってしまった。

「おはようございます」

俊介も挨拶を返すが、なんとなく気まずい感じがしている。それでも、平静を装って食卓についた。

もう、これまでどおりにはできない。そう思うと淋しい気もするが、あんなことになってしまった以上、仕方がないのもわかっている。

奈々美に筆おろしをしてもらってから一週間が経っていた。

互いに、あの一件には触れないようにしている。というより、ふたりは必要以上の会話をしていない。今も兄の手前、できるだけ普通に振る舞っているが、ふたりきりのときは目を合わせるのも躊躇《ちゅうちょ》していた。

晃一郎はすでにネクタイを締めて、食卓についている。いつものようにコーヒーを飲みながら、むずかしい顔で新聞紙をひろげていた。

（兄さん……本当に浮気してるの？）

心のなかで呼びかけるが、実際に声に出すことはできない。

子供のころから、晃一郎は曲がったことが嫌いで呆れるほどまじめな性格だ。どんなことでも真剣に取り組み、勉強は常に学年でトップ、サッカー部ではキャプテンを務めていた。

一方の俊介は勉強もスポーツも平凡で、晃一郎にはまったく敵《かな》わなかった。そんな兄を尊敬していた。だから、奈々美から浮気の事実を聞いても、兄に意見することなどできるはずがなかった。

晃一郎は相変わらず無言で新聞紙を読んでいる。キッチンに立っている奈々美との間に、会話はいっさいなかった。

奈々美の淋しげな顔を目にすると、胸の奥が締めつけられる。気の毒だとは思うが、俊介にはどうすることもできなかった。

そのとき、奈々美が対面キッチンから出てきた。俊介の前にコーヒーカップとトーストや目玉焼き、サラダが載った皿を置いてくれた。

「はい、どうぞ」

「ありがとうございます」

俊介が頭をぺこりとさげれば、奈々美は微笑を浮かべる。だが、セックスしたことを気にしているのか、表情は以前と比べて硬かった。

(仕方ないよな……)

わかっていることとはいえ、気持ちが落ちこんでしまう。

兄の妻に筆おろしをしてもらった代償だ。兄夫婦と同居しているだけに、なおさら気が重かった。

「コーヒーのお代わりは？」

奈々美が声をかけるが、晃一郎は新聞紙から顔をあげようともしない。それどころか、迷惑だと言いたげに眉根を寄せた。

「もう出かける」

ぶっきらぼうな物言いだ。

結婚して三年の夫婦というのは、こんなものなのだろうか。いや、そんなことはないと思う。

(兄さんは、やっぱり……)

浮気をしているから、奈々美に冷たいのではないか。もしかしたら、すでに気持ちが離れているのかもしれない。

「準備は終わってるのか？」

晃一郎が口を開いた。

その言葉は奈々美に向けられたものだ。しかし、やはり顔はあげず、目は新聞紙の活字を追っていた。

「はい、できています」

奈々美は静かに答えると、リビングに視線を向ける。そこにはキャリーバッグが置いてあった。

(あれは……)

俊介は思わずキャリーバッグと兄の顔を交互に見た。

晃一郎が出張に行くとき、いつも使っている物だ。確か二週間ほど前にも出張があったはずだ。

「どこかに行くの？」

俊介はさりげなく尋ねた。

「出張だ」

晃一郎は新聞紙を見たまま答える。

どうやら、奈々美に荷造りをやらせたらしい。もしかしたら、これまでもそうだったのだろうか。

（奈々美さんだって、仕事があるのに……）

俊介は兄夫婦のやりとりを見て、なんとなくいやな気分になった。

（そもそも、本当に出張なのかな？）

胸の奥に疑問が湧きあがる。

晃一郎は残業だと嘘をついて、何度も浮気をしているのだ。それなら、出張も嘘かもしれない。

もし、俊介の予想が当たっていたとしたら、奈々美は不倫旅行の準備を手伝わされていたことになる。おそらく、奈々美も疑っているのではないか。表情が曇っているのが気になった。

「出張って、どこまで？」

俊介はさりげなさを装って尋ねた。

「大阪だ」

「最近、多いんだね。確か、この前も――」

「商談なんだから仕方ないだろ」

晃一郎は新聞紙を乱暴に畳むと立ちあがった。

「行ってくる」

そう言うなり、キャリーバッグを持ってリビングから出ていく。奈々美は見送るため、慌てて晃一郎を追いかけた。

俊介につっこまれたことで不機嫌になったのかもしれない。晃一郎の態度を思い返すと、やはり不倫旅行の気がしてならなかった。

しばらくして、奈々美がリビングに戻ってくる。

うつむき加減で、冴えない表情をしていた。晃一郎の皿には食べかけのトーストや目玉焼きが残っている。それを見て、うっすら涙ぐんでいた。奈々美は下唇を噛《か》みしめると、コーヒーカップと皿を手にしてキッチンに入った。

(奈々美さん……)

俊介は喉もとまで出かかった言葉を呑みこんだ。

なにか声をかけたところで、夫の弟とセックスしたことを思い出して、なおさら奈々美を苦しめてしまうかもしれない。そう考えると、この場にいることすら申しわけない気がした。

「どう思う？」

ふいに奈々美がつぶやいた。

対面キッチンごしに見やると、奈々美は顔をうつむかせていた。手もとに視線を落としているのは洗い物をしているためだ。しかし、目を合わせてくれないのは、やはり淋しかった。

「どうって？」

俊介は小声で聞き返した。

彼女の言いたいことはわかる。晃一郎の出張が本当かどうか、俊介の意見を聞きたいのだろう。

（浮気だと思うよ。でも……）

口にするのは憚《はばか》られた。

そんなことを言えば、奈々美がさらに傷つくのはわかりきっている。これ以上、つらい思いをさせたくなかった。

「ううん、なんでもない。忘れて……」

俊介が黙っていると、奈々美は自ら話を打ちきった。

それきり、ふたりとも口を開かない。だが、考えていることは同じだ。晃一郎の出張を疑っている。残業だけではなく出張も増えているのは怪しい。だが、疑わしいだけで証拠はなかった。

気まずい沈黙が流れて、ますます居づらくなってきた。

「ごちそうさま……」

朝食を平らげてコーヒーを飲みほすと立ちあがる。そして、そそくさと二階の自室に戻った。

2

午前中は大学で講義を受けて、学食で昼ご飯を食べた。そのあとは、夕方までコンビニのアルバイトだった。

家に戻ったのは午後七時をまわっていた。

兄が出張でいないので、家に帰ると奈々美とふたりきりになる。以前だったら浮かれていたが、今は正直なところ気が重い。セックスして以来、会話が弾まなくなっていた。

「ただいま……」

玄関のドアを開けると、奥に向かって声をかける。すると、すぐにリビングから奈々美が姿を見せた。

「おかえりなさい」

ここ最近のなかでは声に張りがある。不思議に思って視線を向けると、奈々美のうしろからひとりの女性が現れた。

「しゅんちゃん、久しぶり」

その声に聞き覚えがある。

奈々美の妹の水城智奈美《みずきちなみ》だ。生まれ故郷の北陸で結婚して、今は専業主婦になっていた。奈々美の三つ年下なので、確か二十七歳になったはずだ。物静かな姉とは異なり、話し好きの明るい性格だ。

「智奈美さん、来てたんですか」

俊介が驚きの声をあげると、智奈美は楽しげな笑みを浮かべた。

「お邪魔しております」

かしこまったフリで頭をさげて、おどけて見せる。そして、顔をあげると、またしても笑顔を振りまいた。

顔立ちは奈々美に似ているが、性格が出ているのか実年齢よりも若く見える。肩にかかっている髪は、マロンブラウンに染まっていた。水色のフレアスカートに白いノースリーブのブラウスという服装だ。姉に似て乳房は大きく、剝き出しの肩は透き通るように白かった。

「遊びに来たの。前から決まってたんだけど、聞いてなかった？」

「知りませんでした」

「もう、お姉ちゃん、言っておいてよ。これじゃあ、勝手に押しかけてきたみたいじゃない」

智奈美は文句を言いながらも笑顔を絶やさない。

そんな彼女の明るさが、今はとにかくうれしかった。重く沈んだ空気を変えてくれる気がする。なにより、悲しみを抱えた奈々美を癒やしてくれると思って、俊介は内心ほっと胸を撫でおろした。

智奈美とは数えるほどしか会ったことがない。兄夫婦の結婚式のほかは、盆と正月くらいで、しかも毎回ではない。それでも、智奈美が気さくに話しかけてくれるので、どちらかといえば人見知りの俊介もなじむのは早かった。

「食事をしながらお話ししましょう」

奈々美が穏やかな声音で提案する。

妹と会ったことで、いくらか心が落ち着いているのかもしれない。柔らかい笑みを浮かべていた。

リビングに入ると、すでに食事の準備が整っていた。

今夜のメニューはすき焼きだ。久しぶりに妹が来たので奮発したのだろう。さっそく席に着くと、食事がはじまった。まずはビールで乾杯をして、楽しい雰囲気になってきた。

「ところで、なにをしに来たんですか？」

俊介は箸を手にしながら、向かいの席に座った智奈美に話しかける。

晃一郎の浮気のことを知っているのか気になった。仲のいい姉妹なので、奈々美が夫の愚痴を言ったり、悩みごとを相談しているかもしれない。智奈美はすべてを知ったうえで、あえて明るく振る舞っている可能性もあった。

「東京でお買い物をしたかったの」

「買い物って？」

「洋服とか、いろいろよ。田舎とは品ぞろえが違うもの」

「ああ……」

俊介は小さく息を吐き出した。

どうやら、智奈美はなにも知らないらしい。それがわかって安堵したような、それでいながら拍子抜けしたような気分だ。

「もちろん、お姉ちゃんとしゅんちゃんに会うのも目的よ」

智奈美が慌ててつけ足した。

一週間ほど前に姉に電話をしたという。すると、晃一郎が出張するので、今日が都合がいいと言われたらしい。

（それって、もしかして……）

俊介は溶き卵につけた牛肉を口に運びながら、斜め向かいの席に座っている奈々美をチラリと見やった。

今日、智奈美を呼んだのは、夫婦の冷めた感じを妹に知られたくなかったのかもしれない。晃一郎の態度があれでは、どんなに取り繕《つくろ》ったところでごまかせないだろう。

「せっかくだから、お義兄《にい》さんにも会っておきたかったんだけどね。人数が増えると、食事の準備とか片づけが大変だもんね」

智奈美はそう言いながら、焼き豆腐をおいしそうに食べている。

どうやら、奈々美が家事の都合で、晃一郎が出張の日を指定したと勘違いしているらしい。まさか晃一郎が浮気をしているとは思いもしないのだろう。奈々美は黙りこんでおり、俊介もすぐに言葉が出なかった。

「ふたりとも静かね。いつもこんな感じ？」

智奈美が不思議そうに首を傾《かし》げる。そして、奈々美と俊介の顔にチラチラと視線を送った。

「う、うん……食事中に騒ぐと、兄さんに怒られるから」

なにか言わなければと焦った挙げ句、つい晃一郎の話題を出してしまう。言った瞬間、まずいと思ったが、もうどうにもならない。

「お義兄さん、行儀にうるさそうだもんね」

納得したのか、智奈美が深くうなずいた。

「そ、そうなんだよね。十歳も離れてるから……」

「そっか、十歳は大きいね。兄弟っていうより、親みたいな感じかな？」

「ま、まあね……」

これ以上、晃一郎の話をひろげたくない。すぐにでも話題を変えたいが、なにも頭に浮かばない。

「晃一郎さんって、まじめな人だよね。どうして、しゅんちゃんは似なかったんだろうね」

智奈美はそう言って笑う。

「な、なんでかな……ははは」

俊介も笑おうとするが、頬がひきつってしまう。奈々美はうつむき加減で話に参加しようとしなかった。

「お姉ちゃんはテレワークになったのよね」

智奈美が急に話題を変える。

「え、ええ……」

ふいに話を振られた奈々美は、慌てて作り笑顔を浮かべた。

「家だと気分転換もできないから大変じゃない？」

「でも、もう慣れたわ」

「そうなんだ。お義兄さんは会社に行くから、昼間はしゅんちゃんとふたりきりなんだよね」

　そう言われてドキリとする。

　ふたりが身体の関係を持ったことを、智奈美が知っているはずがない。深い意味はないと思うが、それでも動揺してしまう。

「お、俺は、大学とバイトがあるから……」

　俊介は焦りながらつぶやいた。なにかを疑われたわけでもないのに、ごまかそうと必死だった。

「わたしは日中、仕事で書斎にこもってるのよ。ふたりきりって言うけど、しゅんくんと顔を合わせることは、ほとんどないの」

　奈々美も黙っていられなかったらしい。なにやら言いわけじみた口調になっているが、本人は気づいていないようだ。

「どうしたの、ふたりともむきになって……」

　智奈美が驚いたように目をまるくする。

　却《かえ》って疑われる結果になったかもしれない。やましいところがあるだけに、ふたりとも聞き流すことができなかった。

「ち、智奈美ちゃん、卵、ほしいでしょう」

空気を変えようとしたのか、奈々美がそう言って立ちあがる。

「まだ、あるよ」

智奈美が返事をするが、奈々美はそのままキッチンに向かう。その背中を、智奈美は不思議そうに見つめていた。

(失敗したな……)

俊介は夢中になってすき焼きを食べているフリをする。

今、智奈美と目を合わせると、ますます動揺してしまう。とにかく、奈々美とセックスしたことは、絶対に知られてはならなかった。

そのあとは、智奈美がひとりで話す感じで、俊介と奈々美はほとんど聞き役にまわっていた。

時間がすぎるのが遅く感じた。

奈々美は夫の浮気で思い悩んでいるが、妹の前では平静を装っていた。なんとか気持ちを立て直し、智奈美の話に微笑を浮かべてうなずいたりする。俊介も相づちを打ち、声をあげて笑った。兄の浮気がなにかの間違いで、奈々美に本当の笑顔が戻ることを祈りながら……。

3

俊介はシャワーを浴びると自室に引きあげた。

智奈美はリビングでテレビを見ていたが、いっしょにいると内心を見透かされそうな気がして落ち着かない。せっかく遊びに来たのに悪いと思いつつ、先に寝ると言って部屋に戻った。

(なんか、ヘンな感じになっちゃったな……)

ベッドに横たわり、夕食の風景を思い返す。

智奈美は異変を感じ取っただろうか。奈々美は普通に振る舞っていたので、気づいていないかもしれない。一時はどうなるかと思ったが、なんとか乗りきることができてほっとした。

明日、智奈美は東京で買い物をして、そのまま帰るという。俊介は朝ご飯を食べたら、すぐ大学に行く予定だ。つまり智奈美と顔を合わせるのは、明日の朝食のときだけだ。

安堵したせいか、横たわっているうちに眠くなってきた。電気を消さなければと思いつつ、いつしか意識があやふやになっていた。

コンコン――。

ドアを遠慮がちにノックする音が聞こえてはっとする。

眠っていたことに気づいて身体を起こす。枕もとに置いてあったスマホを見ると、深夜零時《れいじ》になっていた。

コンコン――。

再びドアがノックされる。

もしかしたら、奈々美だろうか。期待してはいけないが、胸の鼓動が勝手に速くなってしまう。

俊介はベッドから立ちあがるとドアに歩み寄り、そっと開いた。

「えっ……」

そこにいたのは、奈々美ではなく智奈美だった。

シャワーを浴びた直後なのか、髪がしっとり濡れている。シャンプーの甘い香りが漂っており、無意識のうちに吸いこんだ。

「こんな時間に、どうしたんですか？」

俊介が問いかけると、智奈美は胸板を押しながら部屋に入ってきた。

「ちょ、ちょっと――」

立てた人差し指が、俊介の口に押し当てられる。思わず黙りこむと、彼女はうしろ手にドアを閉めた。

「静かにして」

智奈美は顔を近づけて、甘くにらみつけてくる。

「お姉ちゃんが起きちゃうでしょ」

どうやら、すでに奈々美は寝室で休んでいるらしい。いったい、なにをしに来たのだろうか。

「ちょっと聞きたいことがあるのよね」

ドアを閉めたことで安心したのか、智奈美の表情が柔らかくなる。そして、俊介の横を通りすぎると、ベッドに腰かけた。

「ねえ、しゅんちゃんも座って」

智奈美が笑顔で手招きする。

そのとき、はじめて彼女のきわどい格好に気がついた。白いTシャツ一枚しか着ていない。ロング丈なので、股間はなんとか隠れている。とはいえ、ベッドに腰かけているため、裾がギリギリまでずりあがっていた。

(な、なんて格好してるんだ……)

思わず視線が吸い寄せられる。

剝き出しの白い太腿が色っぽい。なめらかな肌は艶々しており、照明の光を受けて眩《まばゆ》く輝いていた。しかも、ブラジャーをつけていないのか、乳房のふくらみの頂点には小さなポッチが浮いていた。

「早くこっちに来て」

俊介が立ちつくしていると、智奈美が焦《じ》れたように身体を揺する。ベッドのマットレスがギシッと鳴り、姉に負けず劣らず大きな乳房がタプンッと揺れた。

「も、もう夜中ですよ」

なんとか言葉を絞り出す。

こんな格好を見せつけられたら、おかしな気分になりそうだ。いや、すでに高まっている。だからこそ、近づくことができなかった。

「だから、大事な話があるの」

「大事な話って、なんですか」

「もう、焦れったいな」

智奈美はいったん立ちあがり、俊介の手を取ってベッドまで引いていく。そして、自分の隣に無理やり座らせた。

「ご、強引だな……」

興奮しているのをごまかすため、ふてくされたフリで文句を言う。しかし、女体から漂ってくる香りが気になって仕方がない。

きた。

「急《せ》かさなくてもいいでしょ」

智奈美は身体をすっと寄せる。剝き出しの太腿が、スウェットパンツの脚に密着したと思うと、肩に手をまわしてきた。

「そ、それで、話って?」

「しゅんちゃん、寝てたんでしょう?」

「そ、そうですけど……」

「じゃあ、横になっていいよ」

そのまま引き倒されて、ベッドの上で仰向けになった。

「ちょ、ちょっと……話をするなら起きますよ」

「じゃあ、わたしも横になろうかな。それなら、いいでしょ?」

智奈美は隣に横たわると、身体をぴったり密着させる。Tシャツの乳房のふくらみが、腕に押しつけられた。

「な、なにを……」

俊介が動揺すると、智奈美はうれしそうに目を細める。そして、至近距離から顔をのぞきこんできた。

「なんか、ドキドキするね」

「か、からかわないでください」

恥ずかしさがこみあげて、顔が熱くなるのを自覚する。赤面していると思うと、胸の鼓動がどんどん速くなってしまう。

「ふふっ、照れちゃって、かわいい」

智奈美が口を開くたび、甘い吐息が鼻先をかすめる。ピンクのぽってりした唇が色っぽくて、目が離せなくなった。

もともと奔放なところがあり、以前から俊介のことをからかっていた。しかし、ここまで大胆なことをするのは、今回がはじめてだ。

「こ、こんなことしていいんですか。旦那さんが知ったら、怒りますよ」

「まだ、なにもしてないじゃない。どうして、うちの人が怒るの？」

智奈美は悪びれた様子もなく聞き返す。そして、ますます身体を押しつけた。

「ほ、ほら、こういうことですよ」

「うちの人にわかるわけないじゃない。それとも、しゅんちゃんが言いつけるの？」

「そ、そんなことしませんけど……」

「じゃあ、いいじゃない」

人妻であるにもかかわらず、智奈美がグイグイ迫ってくる。剝き出しの太腿やTシャツごしの乳房から、彼女の体温が生々しく伝わってきた。

「は、話って？」

こうなったら、一秒でも早く話を終わらせるしかない。そうしなければ、おかしな気分になりそうだ。

「お姉ちゃんのことなんだけど」

智奈美の言葉で、なんとか冷静さを取り戻す。いったい、奈々美のなにを聞きたいのだろうか。

「な、奈々美さんが、どうしたんですか？」

俊介は智奈美から視線をそらして天井を見つめる。すると、隣から含み笑いが聞こえた。

「しゅんちゃんって、わかりやすいね」

智奈美はさらに身体を寄せると、唇を耳に近づける。

「お姉ちゃんの話になったら、どうして視線をそらしたの？」

熱い吐息が耳孔に流れこみ、くすぐったさがひろがった。俊介は思わず肩をすくめて、全身をぶるるっと震わせた。

「なにか知ってるんでしょう？」

「べ、別に、そういうわけじゃ……」

天井を見つめたまま、小声でつぶやいた。

しかし、智奈美はなにかに気づいているようだ。晃一郎の浮気なのか、それとも奈々美と俊介のことなのか。いずれにせよ、なにも話すつもりはない。約束したわけではないが、奈々美を裏切るようなことはできなかった。

「ふうん、教えてくれないんだ」

智奈美はそう言うと、再び耳孔に息を吹きかける。そうしながら、片手を胸板に重ねてきた。

「お姉ちゃん、元気がなかったよね」

「そ、そうかな……」

そっぽを向いて、惚《とぼ》けようとする。

すると、智奈美はスウェットの上から胸板をねちっこく撫でまわす。そして、乳首を探り当てると、指先でクニクニといじりはじめた。

「ううっ……」

「なにがあったのか教えてよ」

「な、なにも……し、知りません」

俊介はなんとかごまかそうとする。

しかし、智奈美はいっこうにあきらめようとしない。それどころか、この状況を楽しんでいる節がある。ときおり「ふふっ」と笑いながら、指先で乳首をキュッと摘まみあげた。

「くッ……ううッ」

とたんに呻き声が溢れ出す。強い刺激を受けたことで、意思に反して体が勝手に跳ねあがった。

「へえ、敏感なんだね」

智奈美は楽しげにつぶやき、反対側の乳首も摘まんでくる。布地ごしにやさしく刺激されて、双つの乳首は瞬く間に硬くなった。

「ううッ、な、なにを……」

「だって、しゅんくんが教えてくれないんだもの」

智奈美は隣で笑っている。

俊介の反応を見ながら、左右の乳首を交互に摘まみ、またしても耳孔に熱い息をフーッと吹きこんだ。

「くううッ」

押しのけようと思うが、体が震えて力が入らない。休むことなく乳首を愛撫されて、全身に甘い刺激がひろがっていた。

「もしかしたら、お義兄さんとなにかあったんじゃない？」

智奈美はそう言うと、耳たぶにやさしくキスをする。柔らかさが伝わり、それだけで期待がひろがってしまう。

「お義兄さんの話になったら、ふたりともおかしかったでしょう」

「し、知らないよ」

「ふうん、まだ惚けるんだ」

俊介の返事を聞いて、智奈美は耳たぶに唇をかぶせた。

「なっ――うううッ」

身をよじろうとするが、それより早く耳たぶを甘噛みされる。前歯がやさしく食いこみ、ゾクゾクするような感覚が全身にひろがった。

「震えちゃって、ほんとにかわいいね」

耳たぶを咥《くわ》えたまま、智奈美がささやく。そうしている間も、片手は胸板を這いまわり、服の上から乳首を転がしていた。

「や、やめ……ううッ」

「やめてほしかったら教えてよ。妹のわたしが心配するのは当然でしょう」

智奈美の言葉が耳に流れこんでくる。

そう言われると、確かにそうかもしれない。久しぶりに姉と会ったときに元気がなかったら、当然ながら心配するだろう。

「ねえ、なにがあったの？」

智奈美が耳たぶを甘噛みしながら質問する。

俊介が逡巡していると、胸板を這いまわっていた彼女の手が、スウェットの裾から入りこんできた。直接、肌に触れると、腹から胸へとじりじり移動する。そして、硬くなった乳首を直《じか》に摘まみあげた。

「くうッ」

先ほどよりも鮮烈な刺激が生じて、体がビクッと仰け反った。

「そ、そんな、直接……」

「教えないと、もっといたずらしちゃうよ」

智奈美は舌を耳に這わせて、クチュクチュと舐《な》めまわしてくる。舌で愛撫される感覚も強烈だが、湿った音が大音量で聞こえるのもたまらない。しかも、乳首を直に転がされているのだ。

「ううッ、そ、それ以上は……」

強い刺激を延々と送りこまれて、すでにペニスは硬く勃起している。ボクサーブリーフとスウェットパンツを内側から大きく突きあげていた。

しかし、智奈美は耳と乳首にしか触れていない。ペニスの先端から大量の我慢汁が漏れているが、決して射精することはないのだ。これでは焦らし責めにかけられているようで、もどかしさが募っていく。

「どうしてお姉ちゃんに元気がなかったの？」

智奈美が執拗に尋ねてくる。耳をねちっこく舐めしゃぶり、乳首を指先でこねくりまわしていた。

「ち、智奈美さん、そ、そんなにされたら……」

快感で頭が痺れたようになっている。体も熱くなっており、もうこれ以上は耐えられそうにない。

「早く教えて」

「くうッ、に、兄さんが……」

勃起した乳首を強く摘まれた瞬間、つい口走ってしまう。

（し、しまった……）

言った直後に後悔するが、もう手遅れだ。隣に横たわっている智奈美が、目を輝かせていた。

「やっぱり、お義兄さんが関係してるんだね」

興味津々《しんしん》といった感じで語りかけてくる。そして、スウェットを大きくまくりあげると、強引に頭から抜き取った。

これで俊介は上半身裸になってしまう。さんざんいじられた乳首は、恥ずかしいくらいに硬くなっている。智奈美は胸もとに顔を寄せると、躊躇することなく乳首にむしゃぶりついた。

「うわッ、ま、待ってくださいっ」

柔らかい唇で挟まれただけでも快感が突き抜ける。だが、それだけではなく、唾液を乗せた舌が、敏感な乳首にヌルヌルと這いまわった。

「うううッ」

もう俊介は呻くことしかできない。

自室のベッドで仰向けになり、兄嫁の妹から執拗な愛撫を受けている。快感が全身にひろがっているが、射精するには刺激が足りない。頭のなかが燃えあがったような錯覚に陥り、腰を右に左にくねらせた。

「お義兄さんが、なにをしたの？」

双つの乳首を交互にしゃぶられる。不意を突いて前歯で甘嚙みされると、ヒイッという情けない声が溢れ出した。

「う、浮気っ……浮気をしました」

なにも考えられず、晃一郎が浮気をしたことをバラしてしまう。

勃起したペニスがボクサーブリーフに裏地に擦れるだけでも、全身がビクビク震えるほど感度が高まっていた。

「お義兄さんが浮気をしていて、お姉ちゃんはショックを受けているのね」

智奈美が乳首をしゃぶりながら確認する。俊介はまともに答えることもできず、ガクガクとうなずいた。

「そうだったのか」

納得したようにつぶやき、智奈美が乳首から唇を離す。

交互にしゃぶられた乳首は、唾液にまみれて恥ずかしくとがり勃《た》っている。唾液で濡れ光る様が淫らで、見ているだけでますます興奮してしまう。ボクサーブリーフのなかは、すでに大量の我慢汁でヌルヌルになっていた。

「蕩けた顔しちゃって、どうしたの？」

これでもかと焦らしておきながら、智奈美はからかいの言葉をかける。だが、今の俊介に反論する余裕はない。ただ射精したくてたまらなかった。

「ち、智奈美さん……お、俺……」

「教えてくれたんだから、ご褒美をあげないとね」

智奈美は隣で横座りすると、テントを張ったスウェットパンツの頂点を指先で軽く触った。

「うっ……」

たったそれだけで快感がひろがり、呻き声が漏れてしまう。同時に妖《あや》しい期待もふくれあがった。

4

智奈美はTシャツの裾を摘まむと、ゆっくりまくりあげていく。

まずは淡いピンクのパンティが見えてくる。サイドを紐で結ぶタイプのいわゆる紐パンで、股間を覆う布地の面積が狭かった。

さらにTシャツをまくりあげれば、たっぷりした乳房が露になる。奈々美に似た大きなふくらみだ。先端で揺れる乳首も姉と同じくきれいなピンクで、俊介は無意識のうちに凝視していた。

(こんなに似てるなんて……)

思わず喉をゴクリと鳴らす。

筆おろしをしてもらった夜のことが脳裏に浮かんでいる。奈々美の美しい裸体は記憶にしっかり刻まれていた。二度と目にすることはないと思っていたが、今、目の前で揺れている乳房は奈々美にそっくりだ。

「誰かと比べてるのかな？」

智奈美が口もとに笑みを浮かべる。

Tシャツを頭から抜き取り、女体に纏《まと》っているのは小さなパンティだけだ。しどけなく横座りをしているため、ただでさえくびれている腰が、なおさら艶めかしい曲線を描いていた。

「わたしの身体、お姉ちゃんと似てるのよね」

智奈美が意味深につぶやく。

俊介は内心を見透かされた気がして、女体から慌てて視線をそらす。そんな動揺した仕草が、彼女をさらに調子づかせてしまう。

「ほら、触ってみて」

手を取られて、乳房へと導かれる。手のひらに柔らかい肉の感触が伝わり、反射的に指を曲げていた。

（こ、これは……）

またしても奈々美の姿が脳裏に浮かぶ。柔らかい乳房に触れたことで、あの夜の記憶が呼び覚まされていく。

「お義兄さんの浮気のこと以外に、なにか隠してるでしょう」

智奈美がじっと見つめてくる。

疑いの眼差しを向けられて、目をそらさなければと思う。だが、俊介の体は凍りついたように固まっていた。

「お姉ちゃんと、なんかあったんじゃない？」

「ま、まさか……」

ストレートな言葉をかけられて、俊介は慌てて首を左右に振る。しかし、声は情けなく震えていた。

「なんか怪しいのよね」

智奈美は首を傾げながら、片手を股間に伸ばしてくる。そして、細い指先で亀頭をそっと摘まんだ。

「うっ……」

いきなり快感が沸き起こり、小さな声が漏れてしまう。

亀頭はすでに我慢汁でぐっしょり濡れている。そこを指先でネチネチと撫でまわされて、たまらず腰に震えが走った。

「ちょ、ちょっと待って……」

「お姉ちゃんとしゅんちゃん、なんかギクシャクしてるよね」

俊介の訴えを無視して、智奈美が笑みを浮かべながら語りはじめる。

「ふたりを見てたら、ピンときちゃったんだよね。ほら、よくあるでしょ。夫や彼氏の相談をしているうちに、その相談相手と一線を越えちゃうって話。お姉ちゃんとしゅんちゃんも、それなんじゃない？」

「ううっ……」

否定したくても、俊介は呻くことしかできない。

亀頭をねちっこく触られて、常に快感が生じている。尿道口からは我慢汁が滾々《こんこん》と湧き出ていた。

「お姉ちゃん、昔からウソが下手なんだよね。目が泳ぐからすぐにわかるの」

智奈美は執拗に亀頭を撫でまわす。指先が我慢汁まみれになるのも気にせず、ヌルリッ、ヌルリッといじりつづける。

「お風呂あがりに、しゅんちゃんとなにかあったのって聞いたんだ。そうしたら、なにもないって言いながら、目がキョロキョロしてた」

そこで言葉を切ると、智奈美はさも楽しそうに「ふふっ」と笑った。その間も、指先では亀頭をやさしくこねまわしている。

「あれは絶対ウソだよ。ねえ、お姉ちゃんとなにがあったの？」

智奈美は答えを強要するように、指先でカリをくすぐった。

「くううッ、そ、そこは……」

俊介の体がビクンッと反応する。我慢汁まみれの指で、カリをやさしく撫でられたのだ。敏感な部分を刺激されて、快感電流が全身を貫いた。

「早く教えてよ」

「ち、智奈美さん、も、もう……」

俊介は切れぎれの声で訴えた。すると、智奈美は指の動きをわずかに緩める。そのおかげで射精せずにすむが、今度は焦燥感がこみあげた。

(こ、こんなことをくり返されたら……)

頭のなかが熱く燃えあがり、もう昇りつめることしか考えられない。

先ほどから射精寸前の快感が延々とつづいているのだ。俊介の呻き声が大きくなると、智奈美は亀頭への愛撫を緩めてしまう。そして、再び愛撫を再開して、甘い刺激を送りこんでくる。

「ううッ、そ、それ以上は……」

先走り液が大量に溢れるだけで、射精させてもらえない。こんなことをつづけられたら、頭がおかしくなってしまいそうだ。

「教えてくれるまで、やめないよ」

智奈美はこの状況を楽しんでいるのではないか。片頬に笑みを浮かべて、俊介が悶える姿を見おろしていた。

「ずっと、このままでもいいの?」

「そ、そんな——うぅっ」

つぶやく声は途中から呻き声に変わってしまう。

カリから先端に向かって、指先がヌルリッと滑ったのだ。その瞬間、鮮烈な快感がひろがり、思わず腰を突きあげた。

「も、もう……」

俊介は目に涙をためて訴える。これでは蛇の生殺しだ。もう射精したくてたまらなかった。

「じゃあ、教えて。お姉ちゃんとなにがあったの？」

「た、ただ慰めたくて、それで……」

逡巡しながらも話しはじめる。

亀頭には智奈美の指が這いまわっており、常に甘い刺激を送りこまれている。恥ずかしいが、全身がヒクヒク震えるのを抑えられない。

「それで、押し倒しちゃったの？」

「ち、違います……な、奈々美さんのほうから……」

「お姉ちゃんから誘ってきたの？」

智奈美が驚きの声をあげる。

妹でも意外に思うということは、やはり奈々美の精神状態はかなり追いこまれていたのだろう。夫の浮気に大きなショックを受けて、なんとか心のバランスを保とうとしたのではないか。その結果、俊介に癒やしを求めたのかもしれない。

（奈々美さん、すみません）

俊介は心のなかで謝罪した。

ふたりだけの秘密を智奈美に明かしてしまった。焦らし責めに耐えられず、射精したくて我慢できなくなっていた。悲しみに暮れている奈々美を守りたかったのに、欲望に負けてしまったのだ。

「最後まで、しちゃったのね？」

智奈美がさらに質問を投げかける。俊介は亀頭を撫でられる快楽のなか、視線をそらしてうなずいた。

「そうなんだ。しゅんちゃんって、意外と悪いんだね」

亀頭を這いまわっていた指が、太幹にゆっくり降りてくる。そして、竿をやさしくキュウッと握りしめた。

「ううっ、も、もう……」

またしても快感がひろがり、尿道口から大量の我慢汁が溢れ出す。もう射精したくてたまらない。このままペニスを強くしごいてもらいたい。そして、思いきり精液を噴きあげたかった。

「教えてくれたんだから、ご褒美をあげないとね」

智奈美はそう言うと、ペニスをゆるゆるとしごく。イクにイケない中途半端な快感を送りこまれて、俊介の頭のなかはまっ赤に燃えあがった。

「しゅんちゃんのオチ×チン、ヒクヒクしてる。したいんでしょ？」

「で、でも……」

欲望にまみれているが、まだ理性がわずかに残っている。奈々美の妹である智奈美と、身体の関係を持つことに躊躇していた。

「このままでもいいの？」

智奈美の指がカリ首にかかった。緩く握り、ゆるゆるとスライドさせた。

「くううッ」

くすぐったさをともなう快感がひろがるが、やはり射精には至らない。腰が激しく震えて、焦燥感がさらに募っていく。

「我慢できないみたいね。いいよ、セックスさせてあげる」

智奈美がパンティの紐を指先で摘まんだ。見せつけるように紐をゆっくり引いてほどくと、最後の一枚を取り去った。

ふっくらした恥丘を黒々とした陰毛が彩っている。奈々美は自然な感じで生やしていたが、智奈美はきれいな逆三角形に整えていた。これで女体にまとっている物はなにもなくなり、ふたりはひとつのベッドで生まれたままの姿になった。

5

「わたしも我慢できなくなってきちゃった」

智奈美は俊介の手を取ると、自分の股間へと導いた。

指が太腿の間に入りこみ、柔らかい陰唇に触れる。とたんにクチュッという蜜音が響きわたった。

（ぬ、濡れてる……智奈美さんも濡れてるんだ）

そう思うと、欲望がさらに大きくふくらんだ。

ペニスをいじっているうちに、智奈美も興奮したのかもしれない。指先に愛蜜のとろみを感じて、思わず陰唇を撫であげた。

「ああンっ……しゅんちゃん」

智奈美の唇が半開きになり、甘い声が溢れ出す。

瞳がねっとり潤み、欲情しているのは明らかだ。智奈美は胸を喘がせながら、隣で仰向けになる。そして、両膝を立てると左右にゆっくり開いていく。

「ち、智奈美さん……」

ここまでされたら我慢できない。俊介は体を起こすと、横たわっている智奈美に覆いかぶさった。

膝を大きく開いているため、股間がまる見えになっている。陰唇は濃い紅色だ。少し型崩れしているのは、経験が多いせいかもしれない。奈々美も経験を積めば、こうなるのだろうか。

「しゅんちゃん……来て」

智奈美が両手をひろげて誘っている。

奈々美の妹だということはわかっているが、ここでやめるなど考えられない。さんざん焦らされたペニスはギンギンに勃起している。射精したくて、大量の我慢汁を滴《したた》らせていた。

「ち、智奈美さん……」

張りつめた亀頭を、濡れそぼった陰唇に押し当てる。

セックスの経験はまだ一度しかない。奈々美に筆おろしをしてもらっただけだ。しかも、あのときは騎乗位だったので、正常位で上手《うま》くできるか自信はない。だが、そんな心配よりも欲望のほうが勝っていた。

陰唇に密着させた亀頭を、さらにグッと押しつける。しかし、膣口の位置がわからず挿入できない。すると、智奈美が右手を伸ばして、太幹をやさしく握った。

「ここよ……」

亀頭を膣口に導いてくれる。

とくに柔らかい部分に触れたかと思うと、亀頭がヌプッと沈みこむ。そのまま腰を押し出せば、ペニスが半分ほど一気に埋まった。

「は、入った……入りましたよ」

「ああっ……しゅんちゃん」

俊介が興奮して口走れば、智奈美も昂《たかぶ》った声で名前を呼ぶ。見つめ合うことで、さらに気分が盛りあがる。

「もっと、来て」

「じゃ、じゃあ……」

うねる膣粘膜に誘われて、ペニスを根元まで押しこんでいく。膣道全体が歓迎するように波打ち、肉棒を思いきり締めつけた。

「ううっ……す、すごいっ」

快感が押し寄せて、たまらず呻き声が溢れ出す。

あれほど射精したかったのに、いざ挿入すると長持ちさせたいという気持ちが湧きあがる。すぐに終わらせるのはもったいない。せっかくなので、時間をかけて楽しもうと、奥歯を食いしばって射精欲を抑えこんだ。

「ああンっ、動いて……」

智奈美が喘ぎまじりにささやく。

欲情しているのは彼女も同じらしい。見あげる瞳はますます潤み、腰をもじもじと左右に揺らしていた。

しかし、俊介にとっては、これが二度目のセックスだ。しかも、はじめての正常位で緊張している。仰向けになった智奈美の顔の横に手をつき、腕立て伏せのような格好で固まっていた。

「ねえ、早く」

智奈美は焦らされていると思ったらしい。両手を伸ばして、俊介の腰に添える。そして、股間を淫らにしゃくりあげた。結合部分から湿った音が響き、快感が全身にひろがっていく。

「う、動きます……んんっ」

俊介は恐るおそる腰を振りはじめる。

慎重にペニスを引き出すと、再び根元まで押しこんだ。たった一往復でも、射精欲が大きくなる。膣のなかで我慢汁が溢れて、腰に小刻みな震えが走った。

（や、やばいっ……）

慌てて動きをとめると呼吸を整える。

ゆっくり動かないと、すぐに我慢できなくなりそうだ。濡れた膣襞がペニスにからみつき、ウネウネと蠢いている。なにもしなくても気持ちいいのに、ピストンすることで快感は瞬く間に跳ねあがってしまう。

少しでも長持ちさせようと、できるだけゆっくり腰を振る。ペニスをじりじり後退させると、カタツムリが這うような速度で押しこんだ。

(ううっ、これでも……)

動けば快感が生じて、全身の細胞が震え出す。俊介は懸命に射精欲をこらえながら腰を振った。

「ンンっ……もしかして、あんまり経験ないの?」

智奈美が息を乱しながらささやいた。

俊介のぎこちないピストンでわかったらしい。腰をそっと撫でて、やさしい瞳で見つめていた。

「じ、じつは……まだ二回目なんです」

思いきって告白する。見栄を張っても仕方がない。すでに経験が少ないのはバレていた。

「じゃあ、お姉ちゃんがはじめてだったの?」

「はい……」

答えたとたん、顔が熱くなる。奈々美との経験は、やはり特別だ。それを人に知られるのは恥ずかしかった。

「そうなんだ。お姉ちゃんと……なんか、また興奮してきちゃった」

智奈美は昂った声でつぶやき、俊介の腰をグッと引き寄せる。さらに両手を背中にまわして、下から思いきり抱きついた。

「ち、智奈美さん……」

俊介は上半身を伏せた格好になっている。胸板と乳房が密着して、蕩けるような柔らかさが伝わっていた。

「動いて……出したくなったら、いつでも出していいから」

耳に唇を寄せると、熱い吐息を吹きかけながらささやく。そして、ピストンを催促するように耳たぶを甘噛みした。

「う、動きます……」

俊介は誘われるまま腰を振りはじめる。

両手を彼女の腋の下からまわして、肩をしっかり抱いた状態だ。上半身を密着させたまま、ペニスをゆっくり出し入れする。スローペースのピストンだが、熱い膣がもたらす快感は強烈だ。

「ううッ、す、すごい……」

たまらず呻き声が溢れ出す。

すぐに射精欲がふくれあがるが、もう長持ちさせることは考えていない。欲望にまかせて、休むことなく腰を振る。ペニスを出し入れすることで、膣のうねりはさらに大きくなっていく。

「ち、智奈美さんのなか、ウネウネして……」

「ああンっ、しゅんちゃん」

智奈美も感じているらしい。下から強く抱きつき、耳を執拗に舐めまわす。舌を入れられると、全身の産毛《うぶげ》が逆立つような快感が走り抜けた。

自然とピストンスピードがあがっていく。動きもだんだんスムーズになり、張り出したカリで膣壁を擦りあげる。すると、女壺が強く収縮して、ペニスに受ける刺激が強くなった。

「くううッ、そ、そんなにされたら……」

射精欲が高まり、夢中になって腰を振る。

愛蜜の量が増えているため、ヌルヌル滑るのがたまらない。湿った音も大きくなって、聴覚からも欲望を刺激される。

「ああっ、も、もっと……もっと激しく」

智奈美の声がうわずっている。俊介を焦らし責めすることで、自分も欲情していたのかもしれない。もう我慢できないとばかりに、ピストンに合わせて股間を淫らにしやくりあげた。

「ううッ、そ、それ……くううッ」

俊介はたまらず呻いて腰を振る。

自分の抽送《ちゅうそう》と智奈美の股間の動きが一致することで、快感が二倍にも三倍にも膨張する。相乗効果で腰の動きがさらに速くなり、ペニスを力強くたたきこむ。すると膣の締まりも強くなった。

「おおおッ」

「あッ……あッ……いいわ」

智奈美の喘ぎ声が、俊介の背中を押している。急速に迫り来る絶頂に向かって、とにかく懸命に腰を振りまくる。

「ううッ、す、すごいっ、うううッ」

「あッ、ああッ……い、いいっ」

ペニスを打ちこむたび、智奈美が艶声を響かせる。股間からは湿った音も聞こえており、気分がどんどん高まっていく。

「ああッ、しゅんちゃん、もっと」

智奈美はさらに激しいピストンを求めている。股間を卑猥にしゃくりあげて、俊介の背中をかきむしった。

「お、俺、もう……ううううッ」

女体を強く抱きしめると、全力で肉棒を出し入れする。快感が大きくなり、さらにスピードがあがっていく。

「あぁッ、いいっ、あぁあッ」

「くううッ、き、気持ちいいっ」

悦楽の大波が轟音とともに押し寄せる。俊介は無我夢中で腰を振り、絶頂の急坂を駈けあがった。

「おおおッ、で、出るっ、ぬおおおおおおおッ！」

呻き声とともに、膣の奥深くで欲望を爆発させる。ペニスに絡みつく濡れ襞の感触に酔いながら、大量の精液をドクドクと放出した。

粘り気のつよい精液が、高速で尿道を流れていく。とくに尿道口から飛び出す瞬間が気持ちいい。くすぐったさが入りまじった快感が全身にひろがり、まるで感電したように激しく痙攣した。

「はああああッ、い、いいっ、わたしも、あああッ、あああああああッ！」

智奈美もよがり泣きを響かせる。熱い精液を注ぎこまれて、女体が弓なりに反っていく。股間を突きあげながら、ペニスをこれでもかと締めつける。アクメに達すると同時に、両手の爪を俊介の背中に立てた。

「くううッ」

快楽の呻き声がとめられない。俊介はペニスを深く突きこんだまま、絶頂の愉悦を嚙みしめている。背中に食いこむ爪の痛みさえ、今は快感に変わっていた。

ふたりは抱き合ったまま唇を重ねた。

性器はまだつながっている。その状態で舌をからめると、絶頂がより深いものになる気がした。

第三章　バスルームで戯《たわむ》れて

1

「今日、昼はいらないです」

俊介は食卓につくと、対面キッチンごしに声をかけた。

「わかったわ」

奈々美はすぐに答えてくれるが、理由を聞こうとしなかった。端《はた》からは普通に見えるかもしれない。だが、もう以前の関係ではなかった。奈々美は対面キッチンで朝食の支度をしながら、こちらを一度も見ない。意識的に視線を合わせないのだ。

（もう、ダメなのか……）

思わず小さく息を吐き出してうつむいた。

「俊介――」

向かいの席に座っている晃一郎が、唐突に話しかけてくる。

顔をあげると、兄が厳《いか》めしい顔でこちらを見ていた。なにか不機嫌になるようなことを言っただろうか。

「大学にはちゃんと行ってるのか？」

「行ってるよ」

今日は大学ではなくアルバイトだが、そんなことを言えば怒り出しそうな雰囲気がある。わざわざ報告する必要はないだろう。

「学生の本分は勉強だぞ。それを忘れるな」

晃一郎はそう言うと、再び新聞紙に視線を落とした。

「うん……」

俊介は複雑な思いを抱えながら、小声でぽつりとつぶやいた。

(なんだよ。兄さんは浮気をしてるくせに……)

思わず奥歯をギリッと嚙んだ。

偉そうに説教できる立場だろうか。奈々美の涙を思い出すと、怒りが胸の奥にこみあげる。とはいえ、兄に怒りをぶつける勇気はない。俊介にとって、晃一郎は親よりも厳しい存在だった。

やがて、奈々美が朝食を並べてくれる。サラダと目玉焼きとベーコン、それにトーストというメニューだ。

奈々美の作る料理はいつでも美味だが、会話が弾むことはない。晃一郎は新聞紙から顔をあげないし、奈々美も黙りこんでいる。そんな空気のなかで、適切な話題などあるはずがない。俊介も口を開くことなく黙々と食べるしかなかった。

朝食を終えると、晃一郎はいつもの時間に家を出た。

今日はいったい何時に帰ってくるのだろうか。出張から帰ってきたあとも、三日前には残業だと言って朝帰りをしていた。

奈々美は涙を見せることなく淡々としている。だが、心のなかでは泣いているのではないか。夫が浮気をしていると知っていながら、普通に振る舞っているのだ。彼女の悲しみを思うと、俊介は胸が締めつけられた。

(でも、俺にはもう……)

力になってあげたくても、どうすることもできない。今朝も声をかけられないまま、俊介は準備をして家を出た。

この日はめずらしく朝からアルバイトが入っていた。

昨夜、コンビニの店長から電話があった。朝のシフトに入っている人が風邪を引いて、急に休みになったという。代わりに出てくれないかと頼まれて、たまたま大学の授業がなかったので引き受けた。

どうせ家にいても、奈々美といっしょに過ごせるわけではない。

セックスをしたことで、ふたりの間に距離ができていた。良好な関係を築けていたのに、あの夜を境に目を合わせることもなくなった。

筆おろしをしてもらったことは一生の思い出だ。しかし、それと引き換えに大切なものを失ってしまった気がする。きれいな兄嫁との楽しい生活は、一転して淋しいものになっていた。

出勤したものの、午前中は客が少なくて暇だった。

俊介はバックヤードで在庫のチェックと整理をはじめた。別に頼まれたわけではないが、体を動かせばよけいなことを考えなくてすむと思った。

しかし、脳裏に浮かぶのは奈々美のことばかりだ。

身体を重ねたことで、誰よりも気になる存在になっていた。美しい女性だが、これまでは特別な感情を持っていなかった。兄の妻なので、手の届かない存在だと思っていたからだ。

ところが、セックスしてしまった。

あのきれいな兄嫁が筆おろしをしてくれたのだ。あり得ないことが起きて、俊介の心はかき乱された。

智奈美と関係を持ったのは四日前のことだ。

しかし、奈々美のことが頭から離れない。智奈美にはさんざん焦らされて、この世のものとは思えない快感を経験させてもらった。ふたりで夢中になって腰を振り合い、最高の絶頂を迎えた。

それでも、奈々美のことが気になっている。智奈美ではなく、奈々美の顔ばかりを思い出していた。

初体験の相手は忘れられないと聞いたことがある。確かにそうかもしれない。奈々美とのセックスは記憶に深く刻まれている。できることならもう一度、彼女の温もりを感じたいと思ってしまう。

しかし、セックスをしたから好きになったわけではない。

誰にでもやさしくて、気配りができて、素敵な女性だと思っていた。外見だけではなく、心まで美しい女性だった。

(俺、やっぱり奈々美さんのことが……)

考えれば考えるほど好きになってしまう。

兄より先に奈々美と出会いたかった。そうすれば運命が大きく変わっていたかもしれない。いや、これまで女性とつき合った経験がないのに、奈々美に告白できるはずがなかった。

(所詮、俺とは釣り合わない人なんだ……)

頭ではわかっている。だが、セックスしたのも事実だ。想像もしなかったことが現実になったのだ。

(もしかしたら、もう一度……い、いや、ダメだ)

奈々美は兄の妻だ。二度と過ちがあってはならない。

もし、そんなことになれば、兄の浮気で傷ついている奈々美を、さらに苦しめることになってしまう。

(もう、忘れるしかないんだ)

心のなかで自分自身に言い聞かせる。

だが、いけないと思うほどに、奈々美の存在がどんどん大きくなっていく。俊介はすべてを忘れたくて、バックヤードの整理に没頭した。

午後二時に交代の人がやってきて、俊介のこの日のアルバイトは終わった。

コンビニをあとにすると、思いのほか強い日差しが照りつけていた。結局、ほとんどの時間をバックヤードで過ごして全身汗だくだ。ぶらぶら歩いて帰るが、気温が高いせいでさらに汗をかいてしまった。

(奈々美さん、仕事中だよな……)

自宅を前にして、いったん立ちどまる。

晃一郎は会社なので、奈々美とふたりきりになってしまう。もちろん、会いたい気持ちはある。だが、会話がつづかず重い空気になるのは避けたい。この時間なら奈々美は書斎で仕事をしているはずだ。

俊介は自分で玄関の鍵を開けると、静かに家に入った。

顔を合わせると気まずいので、できるだけ音を立てないように気をつける。リビングをのぞくが、やはり奈々美の姿はない。二階の書斎にこもっているのだろう。邪魔をしないように洗面所に向かった。

2

「お帰りなさい」

手を洗ってリビングに戻ると、いきなり声をかけられた。

「た、ただいま……」

俊介は一瞬、言葉につまってしまう。

奈々美がキッチンに立っていたことに驚いた。てっきり書斎にこもっていると思いこんでいた。

「お昼は食べたの？」

会話が減っていたので、その言葉だけで動揺してしまう。俊介は頬をこわばらせながら首を左右に振った。

「い、いえ……」

「じゃあ、いっしょに食べましょうか。座って待ってて」

奈々美はそう言って食事を作りはじめる。

もう午後二時を過ぎているが、まだ食べていなかったらしい。もしかしたら、俊介が帰ってくるのを待っていたのだろうか。

（いや、そんなはず……）

すぐに自分の考えを否定する。

昼はいらないと言ったが、何時に帰ってくるかは伝えていない。それなのに奈々美が待っているはずがなかった。しかも、俊介は音を立てないように静かにドアを開けたのだ。聞き耳でも立てていないと、帰宅したことに気づかないはずだ。

（じゃあ、たまたま……）

俊介は椅子に腰かけながら首を傾げた。

ただ単に仕事が忙しくて、食べる暇がなかったのかもしれない。そして、ちょうど手が空いたときに俊介が帰宅した。

だが、そんな偶然があるだろうか。なにか釈然としない。もし、そうだったとしても、奈々美が声をかけてくれるとは思えなかった。

手持ち無沙汰で、スマホを取り出した。

メールのチェックをしたり、ニュースを見たりするが、キッチンに立っている奈々美に意識が向いている。さりげなさを装って見やれば、胸当てのある赤いエプロンをつけていた。

盛りあがったエプロンの下には、大きな乳房が隠されている。フライパンを振るたび、ふくらみが柔らかそうに弾んでいた。この目で見ているだけに、簡単に想像できてしまう。蕩《とろ》けそうな感触も、手のひらにはっきり残っていた。

(ああっ、奈々美さん……)

心のなかで名前を呼ぶだけで、胸がせつなく締めつけられる。

もう二度と触れることはできない。忘れるんだと自分に言い聞かせるほどに、熱い想いがふくらんだ。

「お待たせ」

奈々美がキッチンから出てきて、スパゲッティが盛られた皿をそっと置く。そして、斜め向かいの席に腰をおろした。

「ありがとうございます。いただきます」

さっそくフォークを手にして食べはじめる。

（うまいっ……）

思わず腹のなかで唸った。

濃厚なソースの味わいが最高だ。しかし、なんとなく感想を述べる雰囲気ではないので、黙って食べつづけた。

奈々美は食があまり進まないようだ。スパゲッティは最初から小盛りだったが、ほとんど減っていなかった。また兄のことで落ちこんでいるのかもしれない。浮気がつづいていれば悩みはつきないだろう。

（でも、もう……）

自分にはどうすることもできないとわかっている。俊介は焼きそばを食べ終えると箸を置いた。

「ごちそうさまでした」

早々に立ち去ろうとする。奈々美のほうも、自分といっしょにいるのは気まずいだろう。そう思って腰を浮かしかけたときだった。

「しゅんくん……」

奈々美が小声で呼びとめた。

なにか話があるのかと思ってドキリとする。もしかしたら、また兄のことを相談されるのではないか。そして、また涙を流すのではないか。

（そうしたら、きっと……）

前回のことを思い出す。

あのときは慰めようとしているうちにセックスすることになった。また同じようなことが起きてもおかしくない。数秒のうちにいろいろなことを考えて、期待がふくれあがっていく。

「これ、食べる？」

奈々美が自分の皿を俊介の前にすっと滑らせた。

予想が見事にはずれて、拍子抜けしてしまう。だが、がっかりしている顔はできなかった。

「食欲ないの？」

気を取り直して、なんとか尋ねる。

いけないと思いつつ、淫らなことを期待してしまった。そして、落胆している自分が恥ずかしかった。

「味見をしていたら、お腹いっぱいになっちゃったから……」

奈々美はそう言って力なく笑う。

明らかに嘘だが、そんなことを追及しても仕方がない。やはり晃一郎のことで食欲が湧かないのだろう。

「せっかくなんで……」

もう腹はいっぱいだったが、残すのも悪い気がする。小盛りなので、なんとかなるだろう。俊介は再びフォークを手にして食べはじめた。

奈々美は黙ってうつむいている。

なにか言いたげだが、もじもじしているだけで口を開こうとしない。やはり話したいことがあるのかもしれない。俊介はできるだけ時間をかけて食べたが、奈々美は下唇を小さく噛んでいた。

「ごちそうさまです。おいしかったです」

結局、いっさい会話がないまま、俊介はスパゲッティを食べ終えた。

(バカだな、俺……)

自分のことがいやになる。

奈々美がなにか言ってくれることを期待していた。あわよくばという気持ちが最後まで消えなかった。

「じゃあ……」

無言が落ち着かなくて、早々に席を立とうとする。そのとき、奈々美がいきなり口を開いた。

「この間のことだけど――」

抑揚のない声だった。無理に感情を抑えこんでいるのかもしれない。

「智奈美ちゃんが遊びに来たでしょう。あの日、なにかあった？」

そう言われた瞬間、心臓がキュッとすくみあがった。

脳裏に浮かんだのは、深夜に智奈美が部屋を訪ねてきたときのことだ。たっぷり焦らされて、奈々美のことを白状させられた。そして、そのあとセックスして、思いきり腰を振り合ったのだ。

「な、なにかって？」

俊介は言葉につまりそうになりながら聞き返した。平静を装ったつもりだが、上手くいっただろうか。

「夜、智奈美ちゃんがしゅんくんの部屋に入っていくのを見たから……」

奈々美が遠慮がちにつぶやいた。

トイレに行こうとして廊下に出たとき、たまたま見かけたという。まさか目撃されていたとは思いもしなかった。

（や、やばい……）

俊介の額に冷や汗が浮かんだ。

いったい、どこまで知っているのだろうか。本当に知らなくて尋ねているのか、それとも俊介に白状させたいだけなのかわからない。

（いや、待てよ）

知っていたら、ここまで冷静ではいられないのではないか。そう考えると、まだバレていない可能性が高い。

だが、智奈美と一線を越えたことを知ったら、どんな気持ちになるのだろうか。俊介は姉妹ふたりと肉体関係を持ったのだ。軽薄な男と思われるかもしれない。妹に手を出すなと怒るかもしれない。

（もう、ダメだ……）

一瞬、目の前がまっ暗になった。

気持ちが重く沈んでいく。奈々美との関係が発展するとは思っていない。それでも嫌われるのはつらかった。

「ずいぶん遅い時間だったから、どうしたのかなと思って……」

奈々美の声は妙に落ち着いている。努めて冷静に振る舞っているのか、それとも嵐の前の静けさなのか。

「は、話を……少し話をしていただけです」

懸命に言葉を絞り出す。

なにをしていたのか気づいているなら、見え透いた嘘だと思われてしまう。それでも、なんとかごまかしたかった。

「あんな時間に？」

「は、はい……智奈美さんが眠れないって言うから……」

ひとつ嘘をつけば、さらに嘘をつかなければならなくなる。もう、あとに引くことはできなかった。

「そう……」

奈々美は視線をそらすと、うつむいて黙りこんだ。

いったい、なにを考えているのだろうか。淋しげな横顔からは、気持ちを読み取ることができなかった。

(奈々美さん、本当は……)

すべて気づいているのではないか。

黙っていると、責められている気分になってしまう。無言の時間がつづくほど、いたたまれなくなってきた。

「あ、あの……バイトで汗をかいたから、シャワーを浴びてきます」

こちらから話しかけても、奈々美はうつむいている。俊介は椅子から立ちあがり、逃げるようにリビングをあとにした。

脱衣所に入ると大きく息を吐き出した。

バイトでも汗をかいたが、さらに汗だくになってしまった。とにかく気分を変えたくて、服を脱ぎ捨てるとバスルームに足を踏み入れた。

壁はクリーム色で、床は滑りにくい水色の磁器タイルだ。奈々美がきれい好きなので、隅々まで掃除が行き届いていた。

カランをまわすと、壁のフックにかけられたシャワーヘッドから湯が降り注ぐ。俊介は頭から浴びて、全身の汗を流していく。両手に湯をためて顔をバシャバシャ洗えば、少し気分がすっきりした。

（それにしても……）

シャワーを浴びながら、ふと考える。

実際のところ、奈々美はどこまでわかっているのだろうか。部屋の前で聞き耳を立てたりするとは思えない。俊介の部屋と兄夫婦の寝室は隣り合っているわけではないので、声も聞こえないだろう。

こうなったら、ただ話をしていただけ、ということで押し通すしかない。念のため、智奈美とも口裏を合わせておいたほうがいいだろうか。そんなことを考えているときだった。

ガチャッ――。

突然、背後で扉の開く音がした。

はっとして肩ごしに振り返る。すると、そこには身体に白いタオルを巻いた奈々美が立っていた。

3

「ど、どうしたんですか？」

思わず声が大きくなってしまう。俊介は慌てて視線をそらすと、前を向いて背中をまるめた。

「背中を……流してあげようと思って」

奈々美は消え入りそうな声で語りかけてくる。

これまで背中を流してもらったことなど一度もない。今日に限って、こんなことをするのはおかしかった。

「だ、大丈夫です。自分でやりますから……」

俊介は前を向いたままつぶやいた。

ところが、奈々美はうしろから手を伸ばすと、カランをまわしてシャワーをとめてしまう。そして、俊介の肩にそっと触れた。

「遠慮しないで」

「で、でも……」

「わたしがしゅんくんの背中を流したいの……いいでしょ？」

懇願するような声だった。

そこまで言われたら拒絶できない。それに実際のところ、うれしい気持ちが大きかった。

「じゃ、じゃあ、お願いします」

俊介がつぶやくと、背後でほっとしたように息を吐き出すのが聞こえた。

奈々美はボディソープを手に取り、泡立てはじめる。そして、手のひらを俊介の両肩にあてがった。

「えっ、タオルは使わないんですか？」

ヌルリッと滑る感触に驚いて振り返る。すると、奈々美は頰をほんのり染めながら、見つめ返してきた。

「手で洗うほうが、肌にいいって聞いたから……」

「で、でも……」

俊介もどこかで聞いたことがある。しかし、手のひらで触れられると、おかしな気持ちになってしまう。

「わたしに洗われるのは、いや？」

奈々美が悲しげな顔をする。

「い、いやじゃないです」

そう答えるしかない。

本当にいやではないが、体が反応しそうなのが気になった。再び奈々美の手のひらが肩に触れて、背中へと這い降りていく。泡でヌルヌル滑るのが心地よくて、早くも股間が疼きはじめた。

（ど、どういうつもりなんだ……）

奈々美がなにを考えているのか、まったくわからない。だが、こうして体を洗ってもらうのはいい気分だ。

手のひらは、肩甲骨《けんこうこつ》のあたりを撫でている。泡を塗り伸ばしながらゆっくり円を描き、やさしくマッサージされているようだ。やがて手のひらは、少しずつ下にさがってきた。

「うっ……」

彼女の指先が脇腹をすっと撫でて、思わず小さな声が漏れてしまう。体もピクッと反応するのが恥ずかしい。

「痛かった？」

奈々美が耳もとでささやいた。

顔を寄せているのか、熱い吐息が耳孔に流れこんでくる。意識が背中に向いていたので、完全に不意打ちだった。

「くうっ……だ、大丈夫です」

思わず肩をすくめてつぶやいた。

しかし、刺激を受けたことで、ペニスがふくらみはじめている。奈々美がバスルームに入ってきた時点で、どうしても期待してしまう。しかも、こうして体を触られれば、反応するのは当然のことだった。

「痒《かゆ》いところはある？」

「い、いえ……」

答える声が震えてしまう。

今、奈々美が前をのぞきこめば、ペニスが頭をもたげているのがすぐにわかる。もし硬くなった肉棒を目にしたら、どう思うのだろうか。彼女が触れたことで勃起したのは、紛れもない事実だ。

(わかってて、やってるんだよな？)

もしかしたら、誘っているのだろうか。

しかし、それにしてはまわりくどいやり方だ。一度だけとはいえ、すでにセックスをしている仲だ。もっとわかりやすい誘い方もあるのではないか。それとも、これは人妻の奥ゆかしさなのだろうか。

（まさか、俺から迫るように仕向けているのか？）

そうだとすると、なにかアクションを起こしたほうがいいのだろうか。

困惑していると、奈々美が背中に身体をぴったり寄せた。柔らかい双《ふた》つのふくらみが肩甲骨に触れたかと思うと、プニュッと押しつぶされるのがわかる。タオルごしではなく、ナマの乳房の感触だ。

「な、奈々美さん？」

首だけひねって見やると、すぐそこに奈々美の顔があった。

「こっちを見ちゃダメ……タオル、してないから」

頬をほんのり桜色に染めて、恥ずかしげにささやく。

身体に巻いていたタオルを取ったらしい。その下には、最初からなにも身につけていなかったのだろう。奈々美は大胆にも、剝き出しの乳房を俊介の背中に押し当てているのだ。

「さっきの話のつづきだけど……」

奈々美はそう言うと、両手を脇の下から前にまわしこむ。泡だらけの手で胸板を撫でまわして、指先で乳首をヌルリッ、ヌルリッといじりはじめる。

「ううっ……」

「ねえ、本当は智奈美ちゃんとなにかあったんでしょう」

奈々美が耳もとでささやいた。

やはり気づいていたのだろうか。いや、鎌をかけているだけかもしれない。智奈美が俊介の部屋に入るのを見て、ずっと気になっていたのではないか。そして、こうして真実を確認しようとしている。

「夜中にふたりきりだったんでしょう」

「な、なにも……」

乳首をいじられる快感に耐えながらつぶやく。すでにペニスは完全に勃起して、先端から我慢汁を溢れさせていた。

「本当に？」

奈々美は両手の指先で、執拗に乳首を転がしている。キュッと摘まれると、電流にも似た快感が走り抜けた。

「くうッ……」

こらえきれない声が漏れてしまう。

乳首は硬くとがり勃ち、感度がアップしている。そこを指先でなぞったり摘まんだり、さまざまな刺激を休むことなく送りこまれていた。

「智奈美ちゃんがしゅんくんの部屋に入っていくのを見たとき、すごく胸が苦しくなったの……」

奈々美の声はしんみりしている。もしかしたら、涙ぐんでいるのかもしれない。それくらい淋しげな声だった。

「晃一郎さんが浮気をしているでしょう。しゅんくんまで取られちゃうような気持ちになったの」

「な、奈々美さん……」

「そんなこと思うの、おかしいでしょ。しゅんくんとは一回きりの関係だって決めていたのに……」

奈々美の言いたいことは、なんとなくわかる気もする。

夫を若い女に盗られたのは事実だ。そして、俊介の部屋に智奈美が入っていくのを目撃した。そのとき、俊介に夫の姿を重ねたのかもしれない。もう、盗られたくないと本能的に思ったのではないか。

「で、でも、智奈美さんとは、なにもありませんから……」

嘘をつき通すつもりだ。

真実を知れば、姉妹の仲が壊れてしまうかもしれない。それだけは、なんとしても避けたかった。だから、智奈美とはなにもなかったと言い張るつもりだ。それがあからさまな嘘でも、真実は闇に葬るべきだと思った。

「ただ話をしていただけなんです」

壁を向いたまま、小声でくり返す。

奈々美は俊介の背中に裸体を押し当てて、黙りこんでいる。だが、指先は乳首に触れていた。

「しゅんくんは、やさしいのね。あの人とは全然違う……」

消え入りそうな声だった。

どうやら、晃一郎と比べているらしい。浮気をされていても、まだ夫のことを想っているのだろう。

「本当のことを言うとね、智奈美ちゃんに嫉妬したの」

奈々美は俊介の背中に頬を押し当てている。そして、前にまわしこんだ手で、乳首をやさしくいじっていた。

「しゅんくんと智奈美ちゃんが抱き合っていると想像したら……」

胸板を這っていた手が腹へと移動する。さらに下降して指先が陰毛をクシャクシャとかきまわす。

(奈々美さんの指が……)

もうすぐペニスに触れると思うだけで、さらに硬度が増していく。ググッと反り返り、下腹部にぴったり貼りついた。

「あっ……硬い」

奈々美の指が亀頭に触れる。

ペニスの先端は、熱く膨張していた。我慢汁も溢れており、すでにぐっしょり濡れている。そこに彼女の泡だらけの指がからみつく。とたんにヌルリッと滑り、腰が震えるほどの刺激が突き抜けた。

「くううッ」

たまらず呻き声が漏れて、瞬く間に欲望がふくれあがる。奈々美との初体験が脳裏によみがえり、抱きしめたい衝動に襲われた。

「そ、そんなことされたら、また……」

「しゅんくん……わたし、淋しくて……」

奈々美の指が竿に巻きつけられる。我慢汁と泡が付着しており、まるでオイルを塗ったように滑る感触がたまらない。ゆったりしごかれると蕩けそうな快感がペニスから全身にひろがった。

「ううッ、も、もう……」

これ以上されたら、欲望を抑えられなくなる。だが、それが狙いなのか、奈々美は竿から決して手を放さない。

「やっぱり無理なの……お願い、抱いて」

背中に抱きついて耳もとで懇願してくる。

奈々美は耳に熱い息を吹きかけると、右手で握ったペニスを愛《いと》おしげに擦りはじめた。リズミカルにニュルニュルとしごかれて、膝がくずおれそうな快感の波が押し寄せる。

「な、奈々美さんっ」

俊介は反射的に振り返ると、震える裸体を抱きしめた。

奈々美は泣いていた。淋しさに押しつぶされそうになっていたのだろう。またしても不貞を働くことになる。しかも、俊介は夫の弟だ。それでも、抱いてほしいと願うほど、彼女の心は追いつめられていた。

「ああっ、しゅんくん……」

奈々美は喘ぐようにつぶやき、俊介の背中に両手をまわす。しっかり抱きつくと、濡れた瞳で見つめてくる。

溢れた涙が頬を濡らしている。感情を抑えられなくなったのか、嗚咽を漏らして涙を流す。ふだんは落ち着いている奈々美が、こんなにもボロボロになっていることが悲しかった。

（俺にできることがあれば……）

なんとかしてあげたくて、俊介は女体をさらに強く抱きしめた。

すると奈々美は顎を少しあげて、睫毛《まつげ》をそっと伏せていく。それは口づけを求める仕草だ。

俊介は躊躇《ちゅうちょ》することなく唇を重ねる。どちらからともなく舌を伸ばして、すぐにディープキスに発展した。

いたわるように彼女の舌をからめとれば、お返しとばかりに吸ってくれる。唾液を何度も交換して、互いの味を確認した。そして、再び舌を吸い合う。先ほどよりも激しく、貪るようなキスになっていた。

「ああンっ、しゅんくん、はああンっ」

「な、奈々美さんっ、うむむっ」

名前を呼び合うことで、さらに気分が高まっていく。

隆々と屹立したペニスは、先ほどから奈々美の下腹部に密着している。ちょうど臍《へそ》のあたりに当たっており、柔らかい皮膚にめりこんでいた。

奈々美はキスをしながら、腰を右に左に揺らしている。いきり勃ったペニスを意識しており、下腹部で愛撫しているのだ。ときおり、腰を強く押しつけて、硬い肉棒を圧迫してきた。

「ううっ……」

俊介は思わず呻くと、唇を離して乳房を揉みはじめる。両手を重ねて、たっぷりした柔肉に指をめりこませた。

「ああっ、好きにしていいのよ」

奈々美が喘ぎながら語りかけてくる。

どこか投げやりになっているようにも聞こえるが、激しく求められたいという気持ちもあるのではないか。奈々美の悲しみや淋しさを想像すると、そんな気がしてならなかった。

(奈々美さんがこんなになったのは、兄さんのせいだ……)

晃一郎への怒りがこみあげる。

だが、今は奈々美を癒やすことが最優先だ。自分にできることなら、なんでもするつもりだ。

乳房をこってり揉みしだくと、先端で揺れる乳首を指で摘まむ。こよりを作るように転がせば、女体の身悶えが大きくなった。

「あっ……ああっ」

奈々美の唇から甘い声が溢れ出す。いつしか涙はとまっており、欲情に潤んだ瞳で見あげていた。

「もっと……ああっ、もっと強くして……」

喘ぎまじりに懇願すると、奈々美は下腹部をぐっと押しつける。またしてもペニスが圧迫されて、先走り液がジュブッと溢れ出した。

「くううッ」

俊介は快楽の呻きを漏らすと、言われるまま乳首を指先で強く摘まんだ。

「あうッ、い、いいっ」

女体がビクッと反応する。顎が大きく跳ねあがり、背中が新鮮なエビのように勢いよく反った。

「痛くないの？」

思わず尋ねるが、奈々美は首を左右に振る。そして、さらなる刺激を求めるように、下腹部でペニスをグニグニ圧迫した。

「ううッ……いくよ」

宣言してから、両手の指先で乳首を強めに転がしてやる。すると、奈々美は顔を歪めて、腰をブルブルと震わせた。

「ひンンッ、しゅ、しゅんくんっ」

泣き声にも似た喘ぎ声がほとばしる。

乳首はますます硬くなり、乳輪までドーム状に隆起していた。感度も増しているらしく、指先で軽くなぞるだけでも喘ぎ声がバスルームに響きわたる。

「あああッ、も、もう……」

奈々美はたまらなそうにつぶやき、シャワーヘッドを手に取った。そして、カランをまわすと、ふたりの身体に付着したボディソープの泡を洗い流した。

「今度はわたしが……」

奈々美はシャワーヘッドをフックに戻して、俊介の目の前にしゃがみこむ。両膝を床につけば、顔とペニスの高さが一致した。

（ま、まさか……）

股間を見おろして、期待がふくれあがる。

勃起したペニスのすぐ先に、奈々美の唇が迫っているのだ。熱い吐息が亀頭に吹きかかり、それだけで新たな我慢汁が染み出した。

「わたしで、こんなに大きくしてくれたのね……」

兄嫁は感激したようにつぶやくと、両手を屹立したペニスの根元に添える。さも愛おしげに竿を撫でながら、顔をゆっくり近づけた。

「うっ……」

亀頭に唇が触れて、俊介の全身に力が入った。

硬いペニスの先端に、奈々美の柔らかい唇がそっと押し当てられている。ついばむようにキスをくり返すと、やがて唇を開いて張りつめた肉の塊《かたまり》にかぶせていく。亀頭をぱっくりと咥えこみ、唇をカリ首に密着させた。

（おおっ、す、すごいっ）

俊介は思わず腹のなかで唸った。

これが人生初のフェラチオだ。しかも、相手は兄の妻である奈々美だ。一度はセックスしたとはいえ、まさかペニスを咥えてくれるとは驚きだ。全裸で目の前にしゃがみ、唇を大きく開いて亀頭を咥えている。

「こ、これは……うぅッ」

経験したことのない快感に腰が震えてしまう。

熱い息が亀頭を包みこんでおり、まだ動いていないのに蕩けそうな愉悦がひろがっている。カリに密着している唇の感触だけで、気を抜くと達してしまいそうだ。俊介は尻の筋肉に力をこめて、ふくれあがる射精欲を抑えこんだ。

「ンンっ……」

奈々美は微かに鼻を鳴らすと、顔をゆっくり押しつける。

柔らかい唇が、棍棒《こんぼう》のように硬くなった竿の表面を滑っていく。とろみのある唾液と大量の我慢汁で、ヌルヌルとした感触が沸き起こる。自分のペニスが唇に呑みこまれていく様子も、視覚的に興奮が高まった。

(あ、あの奈々美さんが、俺の……)

考えれば考えるほど、信じられない光景だ。

奈々美とはじめて会ったときのことを思い出す。結婚が決まり、晃一郎が紹介してくれたのだ。眩いくらいにきれいで、気づくと見惚《みと》れていた。そんな女性が兄嫁になると知り、素直にうれしかった。

あの美しい女性が、今、俊介のペニスを咥えている。そして、顔をゆったり前後に揺すり、唇で肉竿をしごきあげているのだ。

「ンっ……ンっ……」

首を振るたび、奈々美が微かな声を漏らす。その鼻にかかった声が、俊介の興奮を煽《あお》っていた。

(こんなことが、現実に……)

快感が湧きあがり、腰にぶるるっと震えが走った。

奈々美は睫毛をうっとり伏せて、唇をねちっこく滑らせている。竿を根元まで呑みこむと、今度はゆっくり吐き出していく。唇から現れる太幹は、彼女の唾液にまみれてヌラヌラと光っていた。

「ううっ、な、奈々美さん……」

あまりにも気持ちよくて黙っていられない。

唇が一往復するたび、射精欲がふくらんでいく。見えなくても我慢汁が溢れているのがわかるが、奈々美は気にすることなく首を振っている。それどころか、ときおりペニスを吸いあげて、口内にたまった我慢汁を嚥下《えんげ》していた。

「はンっ……あふンっ」

奈々美の唇から漏れる声が徐々に艶を帯びていく。

ペニスをしゃぶることで、彼女も興奮しているのかもしれない。うっとり目を閉じ、濡れた竿の表面を唇がスライドする様子から目が離せなかった。

「うっ、そ、それは……」

俊介は思わず困惑の声を漏らした。

口内のペニスに舌がからみついてきたのだ。奈々美は首を振りながら、亀頭に舌を這わせている。回転させるように動かして、ネロネロと舐めまわす。竿を唇でしごかれる刺激とまざり合い、強烈な快感が押し寄せた。

「す、すごいっ……くううッ」

射精欲が急激に膨張する。慌てて全身の筋肉に力をこめて耐え忍ぶ。しかし、快感はふくれあがる一方だ。

「あふっ……はむっ……あむぅっ」

奈々美の首を振るスピードがあがっていく。

俊介の反応を感じて、追いこむつもりなのかもしれない。唇をすぼめて肉竿をグイグイしごき、次から次へと快感を送りこんでくる。ペニスはこれ以上ないほど硬くなり、我慢汁を大量に垂れ流していた。

「そ、そんなにされたら……うッ、ううッ」

呻き声がとまらず、膝の震えも大きくなる。

俊介が感じるほどに、奈々美のフェラチオは激しさを増していく。首をリズミカルに振りながら、舌を使って亀頭を舐めまわす。さらには頬がぼっこりくぼむほど、ペニスを思いきり吸いあげた。

「も、もうっ……ううぅッ」

急速に絶頂が迫り、慌てて訴える。全身の筋肉を力ませるが、もう快感を抑えられない。思わず腰が引けると、奈々美は両手をまわしこんで尻たぶをつかんだ。

「ちょ、ちょっと……」

腰をグイッと引き寄せられて、再び太幹を深く咥えこまれる。唇が根元を締めつけると、またしても大量の我慢汁が溢れ出した。

「ううッ、ほ、本当に、もう……」

「出して……いっぱい出して」

奈々美がペニスを咥えたまま、くぐもった声でつぶやく。その直後、いっそう激しく首を振りはじめた。

「はンっ……ンンっ……あふンっ」

唇で竿を擦るたび、湿った音が湧き起こる。奈々美の声と唾液の弾ける音が、バスルームの壁に反響した。

「おおおッ、き、気持ちいいっ」

もう、これ以上は耐えられない。全身がガクガク震えて、目に映るものすべてが燃えるような赤に染まっていく。

「あふッ……はむッ……あむううッ」

「くおおおッ、で、出るっ、出る出るっ、くおおおおおおおッ！」

ついに射精欲が限界を突破する。悦楽の大波が轟音を立てながら押し寄せて、俊介の全身を呑みこんだ。

奈々美の口のなかで、ペニスが思いきり跳ねまわる。熱い口腔粘膜に包まれながら吸いあげられて、精液が勢いよく噴きあがった。射精している間も吸茎されることで、快感がさらに大きくなる。

「おおおッ、き、気持ちいいっ」

全身の痙攣がとまらない。尿道口を舌先でチロチロとくすぐられて、さらなる射精をうながされる。精液が次から次へと噴き出し、ペニスが溶けるような錯覚に囚《とら》われて、ついには頭のなかがまっ白になった。

「はンンンっ」

奈々美は牡の欲望をすべて口内で受けとめると、ペニスを咥えた状態で飲みほしていく。そして、尿道に残っていた精液までチュルチュルと吸い出した。

4

（さ、最高だ……）

俊介はバスルームで立ちつくして、絶頂の余韻に浸っていた。

奈々美がペニスをしゃぶり、射精に導いてくれた。しかも、濃厚な精液を一滴残らず嚥下してくれたのだ。

はじめてのフェラチオで、最高の快楽を味わった。

そして今、奈々美はまだ目の前にひざまずいている。まだ硬さを失っていないペニスの根元に両手を添えて、先端に舌を這わせていた。ときおり唇を密着させては、やさしくチュウウッと吸いあげる。

「ううっ……」

射精した直後にもかかわらず、またしても欲望がふくれあがっていく。ペニスは勃起したまま、我慢汁がじんわり溢れ出した。

「すごい……しゅんくんの、まだこんなに硬い」

奈々美はそう言うと、亀頭にキスをする。

「だ、だって、奈々美さんが……ううっ」

尿道口をチュッと吸われて、呻き声が漏れてしまう。股間を見おろせば、奈々美が濡れた瞳で見あげていた。

「ねえ、しゅんくん……」

せつなげな声だった。

物欲しげな瞳を向けられると、放っておくことはできない。俊介のなかで新たな欲望がこみあげた。

「俺も、奈々美さんと……」

手を伸ばすと、奈々美の腕をつかんで立ちあがらせる。向かい合って見つめ合えば、どちらからともなく顔を寄せて唇を重ねた。

「ンンっ……しゅんくん」

名前を呼ばれるたび、愛おしさがこみあげる。

兄の妻だということを忘れたわけではない。忘れていないからこそ、なおさら昂《たかぶ》ってしまう。前回は経験がなかったので、まったく余裕がなかった。でも今は、兄嫁を寝取ると思うと、これまでにないほど興奮した。

くびれた腰に両手をまわして、奈々美の裸体を強く抱きしめる。そして、舌をからませると、夢中になって吸い合った。

唾液を交換して嚥下すれば、気分がどんどん盛りあがる。彼女のくびれた腰を撫でまわして、乳房に手のひらを重ねていく。指をめりこませると、ゆったりとねちっこく揉みあげた。

「ああンっ……」

奈々美がキスをしたまま、色っぽい声を漏らす。

すると、俊介の口に甘い吐息が吹きこまれる。ますます気分が盛りあがり、ペニスが熱を帯びていく。一度射精しているとは思えないほど雄々しく屹立して、まるで青竜刀《せいりゅうとう》のように反り返った。

乳房を揉んでいると、乳首がぷっくり硬くなる。指の間に挟みこみ、さらに柔肉をこねまわした。

「はぁっ……ンンっ」

奈々美がせつなげな声を漏らして、腰を左右によじらせる。

乳首を刺激したことで、性感が蕩けはじめているらしい。双つの乳房を交互にこってり揉みあげては、指先で乳首を摘まんでクニクニと転がした。

「ね、ねえ、もう……」

我慢できなくなってきたのかもしれない。奈々美は内腿をもじもじ擦り合わせて、今にも泣き出しそうな顔になっている。乳首は硬くなり、触れるたびに女体が小刻みに痙攣した。

「しゅんくん……」

奈々美が股間に手を伸ばして、太幹に指を巻きつける。そして、シコシコと擦りはじめた。

「な、奈々美さん……」

「ああっ、硬い……お願い、ほしいの」

せつなげな瞳でおねだりする。まさか奈々美が、そんな言葉まで口にするとは思わなかった。

「い、いいんですね」

今さらながら確認する。

俊介も最高潮に興奮しているが、兄の妻だと思うと、どうしても罪悪感がこみあげてしまう。一刻も早く挿入したい気持ちとは裏腹に、頭のなかで理性がいけないとささやくのだ。

「しゅんくんがほしいの……」

奈々美は背中を向けて、バスルームの壁に両手をつく。そして、尻をうしろにグッと突き出した。

（奈々美さんが、俺を求めてるんだ……）

そう思うと、全身の血液が沸騰するような興奮に襲われる。罪悪感が消えることはないが、どんどん小さくなっていく。

目の前では奈々美が挿入されるのを待っているのだ。白い背中を軽く反らして、尻をこちらに突き出している。適度に脂《あぶら》が乗っており、もっちりした双臀だ。割れ目が誘うように深くて、思わず奥を暴きたくなる。

俊介はほとんど無意識のうちに両手を尻たぶにあてがった。柔らかい肉の感触に陶然となり、指を食いこませて臀裂を左右に割り開いた。

「ああっ……」

奈々美の唇から恥ずかしげな声が漏れる。しかし、俊介は構うことなく彼女の背後でしゃがみこんだ。

「こ、これは……」

臀裂をのぞきこんで絶句する。そこには想像以上の絶景がひろがっていた。

肉づきのいい尻たぶの谷間に、くすんだ色の肛門が息づいている。その下には紅色の陰唇があり、たっぷりの華蜜で濡れ光っていた。

（す、すごい……）

俊介は思わず前のめりになった。

まずは、はじめて目にする肛門を凝視する。中心部から外側に向かって無数の皺があり、奈々美の呼吸に合わせて静かに蠢《うごめ》いていた。まさか、兄嫁のアナルを目にする日が来るとは思いもしなかった。

「美人はお尻の穴まできれいなんですね」

見惚れながらぽつりとつぶやいた。とたんに肛門がキュウッとすぼまり、奈々美が腰をよじった。

「いや、そんなところ見ないで」

口ではそう言うが、尻を突き出したポーズを崩すことはない。視線を感じて興奮しているのか、呼吸が荒くなっていた。

「本当にきれいですよ」

尻穴に息をフーッと吹きかけてみる。すると、尻たぶに震えが走り、肛門ばかりか陰唇まで蠢いた。

「あンっ……恥ずかしい」

奈々美の声には甘えるような響きが含まれている。

その声に誘われて、俊介は背後から臀裂に顔を寄せていく。脚を開かせると太腿の間に入りこみ、陰唇に口を押し当てた。

「ああっ」

奈々美が喘いで裸体に震えが走る。

陰唇は最初から濡れており、軽く触れただけで内側にたまっていた華蜜がどっと溢れ出した。

(こんなに濡らして……やっぱり興奮してたんだ)

自分と同じように奈々美も昂ぶっていたらしい。それがわかったことで、俊介のなかで遠慮がなくなった。

舌を伸ばして女陰を舐めまわす。柔らかい襞はいとも簡単に形を変えて、濡れ方がより激しくなる。チーズに似た香りが漂うなか、俊介は陰唇の狭間にも舌先を沈みこませた。

「ああっ、そ、そんな……はああっ」

奈々美は尻を突き出した格好のまま喘ぎつづける。

女陰を舐められることで感じているのは間違いない。愛蜜の量がさらに増えて、膝が小刻みに震え出す。そんな女体の反応を楽しみながら、俊介は口を女陰に密着させて吸いあげた。

「はううッ、す、吸っちゃダメぇっ」

奈々美の声を無視して、本能のままに吸いつづける。

すると、ジュブブッという下品な音とともに、愛蜜が口に流れこんできた。それを飲みくだせば、さらなる興奮が押し寄せる。自然と舌の動きが激しくなり、割れ目を隅から隅まで舐めまわす。

「ああッ、そ、そこは……あああッ」

突然、奈々美の反応が激しくなった。

そのとき、俊介の舌先には小さな突起が触れていた。女陰の突端近くにあり、自己主張するようにぷっくりふくらんでいる。

(もしかして、これが……)

おそらくクリトリスだ。そう思うと、ますます気分が盛りあがった。

そこが敏感な器官だというのは聞いたことがある。舌先で慎重に舐めてみると、またしても奈々美の唇から喘ぎ声がほとばしった。

「あああッ、そ、そんなっ、はあああッ」

女体の悶え方が明らかにこれまでとは違ってきている。よほど感じるのか、割れ目から溢れる華蜜の量も倍増した。

「しゅ、しゅんくんっ、あああッ」

「ここが気持ちいいんですね」

俊介は執拗に舐めつづける。反応してくれるのがうれしくて、ついつい愛撫に熱が入ってしまう。

「はううッ、い、いいっ」

奈々美の声が大きくなる。両手の爪をバスルームの壁に立てて、カリカリとひっかいた。

「も、もうダメっ、それ以上されたら……」

訴える声がせっぱつまっている。尻たぶには震えが走り、絶頂が迫っているのは明らかだ。

（ようし、それなら……）

さらに気合を入れて愛撫する。陰唇を舐めしゃぶり、硬くなったクリトリスを転がし、さらには膣口に舌を埋めこんで思いきり吸いあげた。

「あああッ、も、もう、あああああッ」

「もっと気持ちよくなってくださいっ」

舌を出し入れして、唇でクリトリスを刺激する。両手で尻たぶを揉みしだき、とにかくめちゃくちゃに舐めまわした。

「い、いいっ、あああッ、イ、イッちゃううッ、はあああああああッ！」

奈々美はいっそう大きな声で喘ぐと、背中をさらに反り返らせる。硬直したかと思うとガクガクと痙攣した。

女体が艶《なま》めかしく悶えている。アクメに達したのは間違いない。突き出した尻たぶが痙攣して、膣口が急激に収縮する。埋めこんだ舌先が締めつけられて、奥から大量の華蜜が溢れ出した。

(や、やった……奈々美さんをイカせたんだ)

女陰をしつこくしゃぶりながら、こみあげる達成感に浸った。

臀裂に顔を埋めたまま、愛蜜をすすりつづける。ペニスは相変わらず勃起しており、先端から我慢汁が溢れていた。

やがて、奈々美が壁に寄りかかった状態で、ズルズルとしゃがみこむ。絶頂に達してたことで身体から力が抜けたらしい。呼吸を乱しており、目の焦点が合わなくなっていた。

「奈々美さん、大丈夫ですか?」

俊介は肩を抱いて語りかける。すると、奈々美は虚《うつ》ろな瞳で振り返り、こっくりとうなずいた。

「寝室に連れていって……」

「えっ?」

聞き間違いだろうか。まさかと思って聞き返す。

「つづきは寝室で……」

消え入りそうな声だが、今度はしっかり聞き取ることができた。

いったい、どういうつもりで言ったのだろうか。俊介は真意がわからないまま、彼女の手を取って立ちあがった。

5

「ああっ、しゅんくん……」

寝室に入るなり、奈々美が抱きついてきた。

「奈々美さん……」

俊介も彼女の腰に手をまわして、唇を重ねていく。ふたりの身体にはそれぞれバスタオルが巻きつけてある。当たり前のようにディープキスを交わして、互いの背中を撫でまわした。

寝室は十畳の洋室で、中央にダブルベッドが置いてある。奥に見える窓にはレースのカーテンがかかっており、外はまだ明るい。午後の陽光が射しこむ寝室で、ふたりは熱い口づけを交わしていた。

ふだん、この部屋で奈々美と晃一郎はいっしょに寝ている。

だが、ふたりが肌を重ねることはないのだろう。ひとつのベッドで、互いに背中を向けて眠っているのかもしれない。それを想像すると、奈々美のことが哀《あわ》れでならなかった。

「本当にここでいいんですか？」

唇を離すと念のため確認する。

兄の浮気は絶対に許せない。だが、さすがに夫婦の寝室は気が引ける。とくに奈々美は、俊介とセックスをしたベッドで晃一郎と寝ることになるのだ。気にならないはずがなかった。

「あの人も浮気をしているんだもの。わたしだって……」

奈々美はそう言って、下唇をキュッと噛んだ。

もしかしたら、これはささやかな抵抗なのかもしれない。これまでじっと耐えてきたのだ。物静かな奈々美だが、胸のうちに怒りを抱えているのだろう。そう思うと、俊介の胸は締めつけられた。

(俺が奈々美さんを……)

なんとかして慰めてあげたい。

俊介はふたりの身体からバスタオルを取ると、奈々美をベッドに押し倒した。

バスルームにいるときから、ペニスは隆々とそそり勃ったままだ。早くひとつになりたい。そして、思いきり腰を振り合いたい。できることなら、奈々美を兄から奪いたかった。

(今から、ここで……)

周囲をさっと見まわした。

今から夫婦の寝室で、兄嫁とセックスをする。それを想像するだけで背徳感がこみあげてゾクゾクした。

「早く……」

奈々美が待ちきれないとばかりにつぶやいた。

見おろせば、奈々美が眉を八の字に歪めて瞳をしっとり潤ませている。せつなげな表情を浮かべて。呼吸も微かに乱れていた。焦れたように内腿をもじもじ擦り合わせている。両手を俊介の腰に添えて、ねちっこく撫でまわしていた。

ふたりとも極限まで欲望が高まっている。

俊介は膝を使って奈々美の下肢を割り、正常位の体勢になった。バスルームの興奮が継続しているため、ふたりとも準備は整っている。勃起したペニスを陰唇に押し当てれば、ヌチュッという湿った音が響いた。

「いきますよ……んんっ」

見つめ合ったまま、俊介は腰をゆっくり押し出した。

亀頭の先端が、膣のなかに沈みこんだ。二枚の陰唇を巻きこみながら、太幹がさらに奥まで入っていく。

「ああっ、しゅんくん……」

奈々美が甘い声をあげて、俊介の腰に手をまわす。もっと深い挿入を求めるように、自らぐっと引き寄せた。

「くううっ」

俊介は慌てて奥歯を食いしばった。

ペニスがさらに奥まで入り、女壺が急激に収縮した。無数の濡れた膣襞がザワザワと蠢き、亀頭と太幹を絞りあげている。強烈な快感が突き抜けて、膣のなかで我慢汁がどっと溢れた。

「はああンっ」

裸体が仰け反り、大きな乳房がタプンッと揺れる。奈々美の瞳はますます潤んでおり、呼吸も荒くなっていた。

「は、入りましたよ」

ペニスは根元まで埋まっている。女体は顕著に反応しており、膣口が太幹にめりこむ勢いで締まっていた。

「ああっ…………こ、これがほしかったの」

奈々美がくびれた腰をくねらせて喘ぐ。ペニスを奥まで咥えこみ、膣道全体が歓迎するように蠕動《ぜんどう》していた。

「お、俺も……ずっと、したかったです」

俊介も素直な気持ちを言葉にする。

快感と感動が胸を満たしていた。奈々美に求められていたことが、なによりもうれしい。明らかに距離を置かれていたので、再びこうしてセックスできる日が来るとは思いもしなかった。

ペニスが根元まで埋まり、ふたりの股間が密着している。陰毛同士がからみあってシャリシャリと乾いた音を響かせていた。

「もっと、しゅんくんを感じたいの……動いて」

奈々美が両手で俊介の腰を抱いて懇願する。膣道もピストンを求めて蠢き、肉棒をこねまわしていた。

「じゃ、じゃあ……んんっ」

正常位で腰をゆっくり振りはじめる。まずは奥まで埋まったペニスをじりじりと後退させていく。

「あっ……あっ……」

さっそく奈々美の唇から喘ぎ声が溢れ出す。張り出したカリが濡れた膣壁を擦りあげて、彼女の白い下腹部が艶めかしく波打った。

亀頭が抜け落ちる寸前まで引き出すと、再びスローペースで埋めこんでいく。閉じた膣道を亀頭で切り開き、媚肉を慎重にかきわける。たっぷりの愛蜜で濡れそぼっているため動きはスムーズだ。肉柱をズブズブと挿入すれば、女体が徐々に反り返っていく。

「あっ……ああっ……お、大きい」

奈々美の嬌声《きょうせい》が寝室に響きわたる。

亀頭が膣の奥に到達すれば、女体がヒクヒクと反応する。ブリッジするように背中を反らした状態で固まり、太幹を思いきり締めつけた。

「ううっ……す、すごい」

俊介も唸りながら抽送を継続する。

まずは、じっくりした動きで女壺をかきまわす。速く動かないのは、一秒でも長くつながっていたいからだ。これだけ昂った状態で激しく動けば、あっという間に達してしまう。今はまだ一体感を楽しみたかった。

「こんなにゆっくり……はああンっ」

奈々美がせつなげな瞳で見あげている。

膣のなかをペニスがじわじわ動くだけでは、絶頂に達することができない。中途半端な刺激が、焦れるような快感を生み出している。

「ううっ……ずっと奈々美さんとつながっていたいんだ」

不可能なのは百も承知だ。それでも、腰をゆったり振りながら語りかける。カリで膣壁を擦っては、亀頭を膣の深い場所まで埋めこんだ。

「ああっ、しゅんくん」

「できれば、ずっとこのままで……」

俊介が語りかけてると、奈々美はこっくりうなずいてくれる。しかし、すぐに顔を歪めて腰をよじった。

「で、でも、わたし……ああっ、も、もうっ」

奈々美は震える声で訴えると、両脚を俊介の腰に巻きつける。そして、腰のうしろで足首をしっかりロックした。

「そ、そんなことをしたら……」

俊介が困惑している間に、ペニスが深く埋まっていく。亀頭が膣道の最深部にめりこみ、太幹と膣口の隙間から透明な華蜜が溢れ出した。

「ああぁッ、これ、すごい……」

女体に力が入り、奈々美の喘ぎ声が大きくなる。

スローなピストンで焦れるような快感が蓄積していたのだろう。彼女の反応は思いのほか大きい。亀頭が敏感な場所に当たっているようだ。両脚に力をこめると自ら股間《こ》を迫《せ》りあげて、ペニスを膣道の深い場所まで迎え入れた。

その状態で俊介が腰を振れば、亀頭は常に膣の最深部を小突くことになる。奈々美がしっかり脚を巻きつけているのでストロークは小さいが、亀頭の先端はしっかり子宮口を捉えていた。

「ああッ、そ、そこ……ああッ」

「こ、これは……ううッ」

快感に耐えながら腰を振る。

スローペースを心がけていたが、ピストンは自然と速くなってしまう。できるだけ長持ちさせたいが、もうゆっくり動くことなどできない。快感が大きすぎて、力をセーブできなくなっていた。

「こ、腰が勝手に……おおおッ」

「あああッ、は、激しいっ」

奈々美が喘いでくれるから、なおさらピストンが加速してしまう。

快感が快感を呼び、ひたすら絶頂に向かって腰を振る。ペニスを勢いよく出し入れすれば、悦楽の波が次々と押し寄せて、ふたりを呑みこんでいく。

「はああッ、わ、わたし、もう……」

いつしか奈々美の瞳から涙が溢れていた。

悲しんでいるわけではなく、感じすぎて泣いているらしい。膣道のうねりが激しくなり、まるで咀嚼《そしやく》するように収縮と弛緩をくり返している。ペニスをしっかり締めつけながら、奥へ奥へと引きこんでいく。

「くおおッ、す、すごいっ」

体重を浴びせるように力強くピストンする。ペニスを深い場所まで埋めこみ、亀頭で子宮口をたたきまくった。

「ああッ、い、いいっ、あああッ」

もはや奈々美は手放しで喘いでいる。抽送に合わせて腰をよじり、全身で快楽を受けとめていた。

「お、俺、もう……」

そう長くは持ちそうにない。確実に絶頂が迫っている。ひと突きごとに快感が高まり、我慢汁が大量に噴き出した。

「あああッ、わ、わたしも、あああッ」

感じているのは奈々美も同じだ。彼女の喘ぎ声を聞いたことでますます昂り、抽送速度があがっていく。

「おおおッ、き、気持ちいいっ」

「はあッ、い、いいっ、いいっ」

ふたりの声が交錯して、夫婦の寝室に響きわたる。

俊介はこのまま兄嫁を寝取るつもりで、ペニスを全力でたたきこむ。射精欲がふくれあがり、絶頂の大波が急速に迫ってくる。奈々美はよがり泣きを振りまき、両手両足でしがみついてきた。

「おおおおッ、くおおおおッ」

「い、いいッ、ああああッ」

俊介がペニスを出し入れすれば、奈々美も股間をうねらせる。ふたりの動きが一致することで、頭のなかがまっ赤に燃えあがった。

「お、俺っ、もうっ」

「あああッ、だ、出して、いっぱい出してっ」

兄夫婦の寝室で、奈々美が俊介に射精をねだる。その声が引き金となり、ついに最後の瞬間が訪れた。

「くおおおッ、き、気持ちいいっ、ぬおおおおおおおッ！」

俊介は低い唸り声をまき散らしながら、ペニスを深い場所まで埋めこんだ。うねる女壺の感触が心地いい。精液が高速で尿道を駆け抜けて、先端から勢いよく噴きあがる。愛蜜まみれの膣襞に包まれたペニスが、媚肉で揉みくちゃにされるのもたまらない。今にも蕩けそうな快楽のなか、張りつめた太幹がドクンッ、ドクンッと波打った。

「はあああッ、わ、わたしも、イクッ、イクイクッ、はあああああああッ！」

奈々美はよがり声を響かせると、熟れた裸体を激しく痙攣させる。膣奥に熱い精液を浴びたのが刺激になったのかもしれない。俊介にしがみつき、ペニスをこれでもかと締めつけながら昇りつめていく。

絶頂の嵐が吹き荒れるなか、ふたりはきつく抱き合った。

呼吸を乱したまま唇を重ねて、舌を深くからませる。まだペニスは膣に埋まっており、精液を吐き出している最中だ。女壺は激しくうねり、太幹をしっかり締めつけていた。

ペニスの痙攣が収まるまで、どれくらいかかったのだろうか。間違いなく、これまで経験したなかで最高の快楽だった。

ふたりはまだ舌をからめている。無言のまま抱き合い、汗ばんだ肌をぴったり重ねていた。

兄嫁の唾液を味わいながら、頭の片隅でふと思う。

もう離したくない。このまま、奈々美をどこかに連れ去りたい。無理なことだとわかっているが、そう願わずにはいられない。

本気になってはいけないと頭ではわかっている。しかし、キスをするたび、身体を重ねるたび、想いはますます強くなってしまう。単なる憧れではなく、本気で奈々美のことが好きになっていた。

第四章　まさかのお願い

1

奈々美と二度目の関係を持ってから四日が経っていた。

あれからセックスはしていないが、ふたりの関係は微妙に変化した気がする。この間まで奈々美は明らかに俊介を避けていたが、今は開いていた距離が少しだけ縮まっていた。

とはいえ、なにもなかったころに戻ったわけではない。

あの異常なほどの興奮は、心と体に深く刻みこまれている。おそらく奈々美も同じではないか。兄夫婦の寝室で犯した不貞は、背徳感と罪悪感だけではなく、かつてない高揚感をもたらした。

そして今、俊介は何食わぬ顔で朝の食卓についている。

奈々美は斜め向かいの席に座り、晃一郎は向かいの席で例によって新聞紙をひろげていた。

（こんなの、やっぱりおかしいよ）

どうにも納得がいかない。

俊介はトーストをかじりながら、兄夫婦の様子を観察していた。

先ほどから、まったく会話がない。晃一郎は少し斜めになって椅子に座り、奈々美に背中を向けて新聞紙に目を落としている。奈々美は伏し目がちに黙々と食事をしており、晃一郎のほうをチラリとも見なかった。

こんな冷めた夫婦になってしまったのは、晃一郎の浮気が原因だ。

そして、奈々美は悲しみと淋しさに耐えかねて、俊介と身体の関係を持った。そうしなければ、心のバランスを保てなかったのだろう。それくらい奈々美は精神的に追いこまれていたのだ。

（全部、兄さんのせいだぞ……）

俊介は目の前の晃一郎をにらみつけた。

きれいな兄嫁と二度もセックスできたのはうれしいが、このままではいけないとも思っている。奈々美が本当に求めているのは、残念ながら自分ではない。兄との平穏な暮らしを望んでいるのだ。

（俺がなんとかしないと……）

食卓の下で思わず拳を強く握った。

奈々美を失いたくはない。だが、本気で好きだからこそ、彼女の幸せを心から願っていた。

まずは晃一郎に浮気をやめさせることだ。だからといって、もとの夫婦に戻れるかどうかはわからない。とにかく、晃一郎と浮気相手を別れさせることが第一歩になるはずだ。

それには、浮気をしているという証拠をつかむ必要がある。そして、晃一郎を問いつめるつもりだ。

奈々美の知り合いが、晃一郎と若い女がラブホテルに入るのを目撃したという。だが、証言だけでは駄目だ。頭のいい晃一郎が言い逃れできない確実な証拠を手に入れなければならない。

「兄さん、今日も遅くなるの？」

俊介は思いきって尋ねた。

「なんだ、俊介、藪《やぶ》から棒に……」

晃一郎が新聞紙から顔をあげて、怪訝《けげん》な目を向ける。

ふだん、俊介のほうから話しかけることはほとんどない。しかも唐突だったので不審に思ったのだろう。

「最近、忙しいみたいだから、今日はどうなのかなと思って」

さりげなさを装って、兄の動向を探ろうとする。

以前なら畏縮して、兄に探りを入れることなどできなかった。ところが、今は自分でも驚くほど言葉がすらすらと出てくる。腹の底で燻《くすぶ》っている怒りが、力になっているのかもしれない。

「やっぱり、今日も残業なの？」

「残業になるかどうかは仕事しだいだ」

晃一郎が不機嫌そうに言い放つ。そして、話は終わりとばかりに、新聞紙に目を落とした。

そのとき、奈々美の視線に気がついた。

食事の手をとめて、こちらをじっと見ている。なにを言うつもりなのか、不安になっているのかもしれない。俊介にだけわかるように、首をほんの少しだけ左右に振っている。よけいなことを言わないでというサインだろう。

(大丈夫、俺にまかせて)

俊介は胸のうちでつぶやくと、再び兄に視線を向けた。

「残業って、会社でするんだよね？」

「当たり前だろ」

晃一郎は顔をあげることなく、面倒くさそうに答える。その態度から、残業の話をしたくないのが伝わってきた。

「ほかの場所ですることはないの？」

「しつこいやつだな」

そう言うなり、新聞紙をグシャッとたたむ。晃一郎は明らかに苛立《いらだ》った様子で、俊介をにらみつけた。

「おまえ、さっきからなにを言ってるんだ？」

「ほら、俺もそろそろ就活しなくちゃいけないからさ。社会人の先輩から、いろいろ聞いておこうと思って」

俊介がそう言うと、晃一郎は小さく息を吐き出した。

「そうか……もう、そんな時期か」

晃一郎は席を立つと、椅子の背もたれにかけていたジャケットを羽織った。

いつもより少し早いが、どうやら出かけるらしい。おそらく、話を切り上げたかったのだろう。

「また聞かせてね」

俊介が声をかけると、晃一郎は「ああ」とぶっきらぼうに言ってリビングから出ていった。

すぐに奈々美があとをついていく。

浮気をされても、毎朝、律儀に見送りをしている。晃一郎は今夜も残業だと嘘をついて、女に会うかもしれないのだ。それでも見送りを欠かさないのは、やはり仲のいい夫婦に戻りたいと思っているからだろう。

(兄さん、あんまりだよ)

考えるほどに怒りがこみあげる。

これまで、晃一郎に意見したことなど一度もない。厳しくて恐い兄だが、今回だけは引くつもりはなかった。

しばらくして、奈々美がリビングに戻ってきた。

「しゅんくん、どうしたの?」

俊介の顔を見るなり、奈々美は困ったようにつぶやいた。

おおげさにしたくないのだろう。時間が経てば、晃一郎が自分のもとに戻ってくると思っているのかもしれない。

「奈々美さんの悲しそうな顔を見たくないんだ」

俊介は苦しい胸のうちを吐露した。

奈々美の幸せを願っているのは本当だ。できれば兄ではなく、自分といっしょになってほしい。だが、それは叶《かな》わぬ願いだとわかっていた。

「奈々美さんを悲しませている兄さんが、どうしても許せないんだ」

「しゅんくん……」

いつもとは異なる俊介の様子に気づいたらしい。奈々美はそれ以上、なにも言わなかった。

「兄さんが残業するって連絡してきたら、教えてください」

俊介はそう言い残して大学に向かう。とにかく、晃一郎の浮気現場を押さえて、決定的な証拠をつかむつもりだ。

2

午前中の講義は上の空だった。

兄の浮気を暴く覚悟を決めたが、冷静になって考えると、そんなに簡単なことではない。女とラブホテルに入るところを写真に撮ったとしても、晃一郎はなにもしていないと言い張る気がする。

怪しいだけでは決定的な証拠にならない。どうすれば、晃一郎の浮気をやめさせることができるのだろうか。

やがて昼休みになり、学食に向かった。

カレーライスを食べて、ぼんやり外を眺める。そろそろ午後の講義に出なければと思ったとき、スマホが着信音を響かせた。画面を見ると「奈々美さん」と表示されている。急いで通話ボタンをタップした。

「もしもし、俺です」

「メールがあったの」

奈々美はいきなり硬い声でつぶやいた。その瞬間、晃一郎から連絡があったのだと理解する。

「兄さん、残業するんですね」

思わず前のめりになって尋ねた。

「ええ……今夜、遅くなるって」

「わかりました。ありがとうございます」

「待って――」

通話を切ろうとしたとき、奈々美の慌てた声が聞こえた。

「なにをするつもり?」

「奈々美さんには迷惑をかけません」

「そういうことじゃなくて……」

奈々美はそこでいったん言葉を切った。そして、一拍置いてから、再び静かに語りはじめた。

「お願いだから、危ないことはしないで」

気持ちのこもった切実な声だった。

奈々美はどちらのことを心配しているのだろうか。晃一郎なのか、それとも俊介なのか、電話ごしの声では判断できなかった。

「危ないことなんてしません。大丈夫です」

俊介は安心させるようにつぶやいた。

通話を切ると、胸の奥に鈍い痛みがひろがった。奈々美はもとの夫婦に戻ることを望んでいる。それなら、心配しているのは晃一郎のことだろう。

（それでも、俺は……）

好きになった女性のために行動しようと決めていた。

午後の講義が終わると、俊介は晃一郎が勤務している商社に向かった。

スマホで調べれば、会社の所在地は簡単にわかる。都心のオフィス街に自社ビルがある大手商社だ。

俊介は会社の出入口が見える場所を探して、ビルの一階にあるカフェに入った。

オフィス街だけあって、客はスーツ姿の男性やＯＬばかりだ。ダンガリーシャツにチノパンという軽装の俊介は、少し浮いている感じがする。だが、そんなことを気にしている場合ではない。

窓際の席に座ると、晃一郎の会社の出入口を凝視する。

コーヒー一杯で何時間粘れるかわからないが、絶対に浮気の証拠をつかむと決めていた。

やがて終業時間の午後五時になった。しばらくすると、仕事を終えたと思われる人たちが、ばらばらと出てきた。

そのなかに晃一郎の姿がないか、見落とさないように注意する。本当に残業をするなら、晃一郎は会社から出てこないはずだ。だが、浮気相手に会うなら、どこかに向かうと踏んでいた。

奈々美の話によると、相手の女は違う会社に勤めているらしい。まさか自分の会社に呼んで密会することはないだろう。会うなら外だ。まずは晃一郎が女と会う現場を押さえるつもりだ。

もうすぐ午後六時になる。しかし、晃一郎は姿を見せない。

(もしかして、本当に残業してるのかも……)

このまま現れないのだろうか。

そもそも今日、浮気をするという保証はない。浮気をするとしても、何時に女と会うのかわからなかった。

それでも、会社の出入口を見つめつづける。

この店に入ってから、かれこれ二時間が経とうとしていた。コーヒーはとっくに冷めており、店員がこちらをチラチラ見ているのを感じる。追加でなにか注文したほうがいいだろうか。

（無駄足だったかな……）

そんなことを考えはじめたとき、グレーのスーツを着た男が商社から出てきた。

晃一郎に間違いない。タクシーに乗ってしまったらアウトだ。俊介は慌ててレジに向かうと、用意していた現金を支払った。

外に出て、急いで晃一郎のあとを追いかける。幸いタクシーには乗っておらず、歩道を歩いていた。

ばれたら元も子もないので、ある程度、距離を取って尾行する。女と待ち合わせをしているのだろうか。決定的瞬間をいつでも写真に撮れるように、右手にスマホを握りしめた。

晃一郎はしばらく歩くと、ひとりでイタリアンレストランに入った。

この店で女と会う約束をしているのか、それとも残業の合間に食事をしに来ただけなのだろうか。

高そうな店なので俊介は入れない。仕方なく外で待つことにした。周囲を見まわすが、レストランの出入口を見張れるカフェなどはない。歩道をぶらぶら歩いたり、ガードレールに腰かけたりして時間をつぶした。

(腹、減ったな……)

思わず腹に手を当てる。

昼からなにも食べていない。こんなことなら、カフェでサンドウィッチでも頼んでおけばよかった。少し離れたところにコンビニの明かりが見える。だが、そこまで行っている間に、晃一郎が出てくる可能性もあった。

身動きが取れないまま待ちつづけた。

一時間ほどして、レストランのドアが開いた。現れたのは晃一郎だ。うしろから若い女がいっしょに出てきた。

(あの女が……)

空腹でぼんやりしていた頭が一気に覚醒する。

俊介は握りしめていたスマホをふたりに向けた。ある程度、離れているのでばれることはないと思うが、念のためインターネットで調べ物をしているフリをしながらシャッターを切った。

濃紺のスーツを着たＯＬらしき女性だ。年齢は二十代なかばといったところだろうか。ダークブラウンの髪は艶々して、愛らしい顔立ちをしている。晃一郎と親しげに言葉を交わすと微笑を浮かべた。

晃一郎も楽しげだ。奈々美の前では厳めしい顔をしているのに、見知らぬ女の前では笑っていた。

（兄さん、本当に浮気をしてたんだ）

腹の底から怒りがこみあげる。

おそらく、あの女が晃一郎の浮気相手だ。レストランで待ち合わせをしていたのだろう。写真は撮ったが、まだ浮気の決定的証拠にはならない。このあと、どこに向かうのか確認する必要がある。

ふたりが並んで歩きはじめたので、距離を取ってついていく。

通りを一本入って比較的静かな場所になると、女が晃一郎にすっと身を寄せる。すると、晃一郎は当たり前のように女の腰に手をまわした。

きっと、いつもこうして歩いているに違いない。ひとり悲しみに暮れている奈々美の顔が脳裏に浮かび、またしても怒りがこみあげる。俊介は晃一郎を問いつめたい衝動に駆られながら、身を寄せ合って歩くふたりを写真に収めた。

十五分ほど歩いただろうか。いつしかラブホテル街に差しかかり、周囲はカップルばかりになっていた。

ひとりだと恥ずかしいが、証拠をつかむためなので仕方ない。うつむき加減に歩きつづけて、晃一郎と女がラブホテルに入っていく瞬間を目撃した。もちろん、証拠写真もしっかり撮った。

（でも、これだけじゃ……）

まだ足りない気がする。

浮気をしているのは、ほぼ間違いない。しかし、俊介が撮った写真だけで、晃一郎が浮気を認めるだろうか。

なにしろ、昔から晃一郎は俊介を見くだしているところがある。

取引先の担当者と食事をしながら打ち合わせをしていたなどと、見え透いた嘘をつくかもしれない。具合が悪くなったのでホテルで介抱していたと言われても、セックスしていた証拠はどこにもないのだ。

（もっと、なにかないと……）

俊介は帰路につきながら、懸命に頭を悩ませた。


「遅かったのね……」

家に帰ると、奈々美が心配そうな顔をして待っていた。

「う、うん……急にバイトが入ったんだ」

とっさに嘘をついた。

いずれ報告することになるが、今はまだその段階ではない。もっと決定的な証拠をつかんで、晃一郎が言い逃れできないようにするつもりだ。そのとき、奈々美にも話すのがいいと思った。

「そう……」

奈々美はそれ以上、なにも尋ねなかった。

気にはなっているはずだ。晃一郎が残業することを俊介に伝えた時点で、なにかあると思っている。たぶん、俊介の嘘に気づいているだろう。だが、真実を知るのが怖いのかもしれない。

「お腹、空いちゃった」

俊介は努めて明るく振る舞った。

「すぐに準備するわね」

奈々美も微笑を浮かべてくれる。

(俺が、助けてあげないと……)

リビングに向かう奈々美の背中を見つめて、俊介はあらためて心に誓った。

いずれ晃一郎のことで揉めるのは間違いない。せめて今だけは、つかの間の幸せを感じていたかった。

晃一郎が帰宅したのは、深夜一時をすぎていた。

玄関ドアを開ける音が聞こえて緊張が走った。しばらくしてから、俊介は自室を出て一階に降りた。

リビングにそっと入ると、晃一郎の姿はなかった。だが、ソファの背もたれに、脱いだジャケットがかけてある。

(よし……)

俊介は心のなかでつぶやくと、廊下に出てバスルームに向かう。すると、扉ごしに湯の弾ける音が聞こえた。

晃一郎はシャワーを浴びている。まだ少し時間があるはずだ。

リビングに戻り、ジャケットの内ポケットからスマホを取り出す。そして、画面に晃一郎の誕生日を打ちこんだ。ところが解除できない。それならばと、奈々美の誕生日を打ちこんだ。

(やっぱり……)

思わずほっと息を吐き出した。

晃一郎はこの手の暗証番号を考えるのが面倒で、よく誕生日を使っているのを知っていたのだ。おそらく、晃一郎自身か奈々美の誕生日だと予想していたが、見事に的中した。

　さっそくメールを確認する。浮気をしているなら、メールのやり取りをしているのではないか。そこに決定的な浮気の証拠が書いてあるかもしれない。とにかく、できる限りのことをするつもりだ。

　メールは仕事関係のものが多い。同僚や取引先などがほとんどだ。いくつか開いて内容をチェックするが、取引などに関するものばかりだ。

（なにもないのかよ）

　急がないと、晃一郎がバスルームから出てきてしまう。俊介は次々とメールを開いて内容を確認した。

（あっ、これは……）

　ついに疑わしいメールがあった。

　――晃一郎さん、今度はいつお会いできますか？

　短い文面だったが、仕事の相手に出すメールとは思えない。それに対する晃一郎の返信もあった。

　――いつものレストランで落ち合おう。

　約束の日付と時間は先ほどのものだ。

このメールの相手は、あの女だと思って間違いない。名前は「三佐川理彩《みさがわりさ》」となっている。かなりの数をやり取りしているが、どれを開いても時間の約束ばかりで、浮気につながる言葉はなかった。

晃一郎に言われて、文面から浮気がバレないように気をつけているのか、それとも理彩という女が慎重なのか。いずれにせよ、これらのメールだけでは浮気の証拠にならない。

（クソッ……）

腹のなかでつぶやいたとき、廊下のほうから音が聞こえた。

どうやら、晃一郎がバスルームから出てきたらしい。もうあまり時間がない。急いで電話帳を開くと、三佐川理彩という名前を検索する。やはり、しっかり登録してあった。生まじめな性格の兄は、相手の勤務先の情報も書きこんでいた。その画面を自分のスマホで撮影した。

晃一郎のスマホをジャケットのポケットに戻して、キッチンに向かう。その直後、リビングのドアが開いた。

「まだ起きてたのか」

晃一郎が驚きの声をあげる。

浮気のうしろめたさをごまかすためか、不機嫌そうな顔になった。しかし、それくらいは想定ずみだ。高圧的な態度を取ってうやむやにするのは、晃一郎ならいかにもやりそうなことだった。

「大学の課題があるんだ」

俊介は怯《ひる》むことなく、平静を装って言葉を返した。

そのままキッチンに入り、コップに水を入れてグッと飲む。緊張で喉が渇いていたが、身構えていたので意外と余裕があった。

「兄さんはこんな時間まで残業？」

「まあな……」

晃一郎は視線をすっとそらす。そして、それきり黙りこんだ。

本人はいつもどおり振る舞っているつもりかもしれないが、明らかに挙動がおかしい。嘘をついている証拠だ。

「じゃあ、俺はそろそろ寝るから。おやすみ」

俊介は兄の横を通ってリビングから出ると、二階の自室に戻った。

次の作戦はすでに考えている。理彩の携帯番号だけでなく勤務先もわかった。

晃一郎を問いつめたところで、決定的な証拠がなければ浮気のことは絶対に認めないだろう。それなら、理彩に聞くしかない。どんな性格かわからないので予想はつかないが、このままでは埒《らち》が明かなかった。

3

翌日、俊介は大学を休んだ。そして、昼すぎ、思いきって理彩のスマホに電話をかけた。

「はい、三佐川です」

やけに丁寧な声だった。見知らぬ番号からの電話だが、仕事相手と思ったのかもしれない。

「あの……俺、村瀬俊介といいます。村瀬晃一郎の弟です」

最初にどう言うか迷ったが、とにかく兄の名前を出せば、いきなり切られることはないだろうと考えた。

電話の向こうで息を呑む気配があった。しかし、通話を切ることはない。こちらが次になにを言うのか、様子をうかがっているようだ。

「三佐川理彩さんですよね？」

「は、はい……」

声が硬くなっていた。

緊張しているのが手に取るように伝わってくる。それがわかるから、俊介は逆に冷静になることができた。

「直接お会いできないでしょうか。兄のことと言えば、おわかりですよね」

怒りを抑えこんでいるせいだろうか、自分のものとは思えないほど抑揚のない声だった。

電話ではなく、顔を見ながら話したい。そのほうが、嘘をつかれても見抜ける気がする。どこまで聞き出せるかわからないが、浮気をしている事実を理彩の口から語らせたかった。

「ど、どのようなご用件でしょうか」

理彩の声は微かに震えている。

突然、浮気相手の弟から電話がかかってきたのだ。しかも面識がないのだから、困惑するのは当然のことだった。

「会ってからお話しします。兄は結婚しているんです。このままだと、まずいことになりますよ」

俊介はわざと冷たい言い方をした。

とにかく、会って話をしたい。ここで逃げられてしまったら、二度と捕まらない気がした。

「兄にも迷惑がかかるの、わかりますよね」

脅すような感じになってしまうが、この際、仕方がない。なにしろ奈々美を助けるためだ。こちらも、なりふり構っていられなかった。

「いつがよろしいでしょうか」

少しの沈黙のあと、理彩が口を開いた。

「早いほうがいいです。できれば今日中に」

「わかりました……では、時間を作ります」

絞り出すような声だった。どうやら覚悟を決めたらしい。意外と肝《きも》が据わっているのだろうか。

「場所はどこにしますか。わたしは、会社なので――」

「俺、今、理彩さんの会社の前にいるんです」

俊介は理彩の声を遮った。

じつは、大学を休んで、理彩が勤めている輸入雑貨を扱う会社を訪れたのだ。オフィスビルのワンフロアに入っているらしい。その前から電話をかけていた。

「会社の前って……」

理彩がうろたえた声を漏らす。怖がらせてしまったかもしれないが、これも逃がさないようにするためだ。

「通りを挟んだ向かいにファミレスがありますよね。そこはどうですか？」

たたみかけるように提案する。こういうのは勢いが大事な気がした。

「そ、そこでいいです」

「じゃあ、待ってるので、できるだけ早く来てください」

「はい……」

「兄には連絡しないでください。面倒なことになりますよ」

電話を切る直前、俊介は最後にそうつけ加えた。

理彩が独身なのか既婚者なのかは知らないが、晃一郎が既婚者なのは事実だ。不倫をしているのだから、面倒なことは避けたいはずだ。

「わ、わかりました……」

気の毒なほど声が震えていた。

しかし、甘い顔をするつもりはない。晃一郎と理彩が不倫をしたことで、奈々美はつらい思いをしているのだ。絶対に許せなかった。

俊介はファミレスに入ると、いちばん奥の角の席に座った。

入口が見えるので、理彩が来ればすぐにわかるはずだ。コーヒーを注文すると、どうやって浮気を認めさせるか頭を整理する。

問いつめたところで、簡単に不倫していますとは言わないだろう。俊介のスマホには、晃一郎と理彩が身体を寄せ合ってラブホテルに入っていく写真がある。それを見せれば認めるだろうか。

（でも、兄さんに言い含められていたら……）

むずかしいかもしれない。

それでも、ふたりを別れさせなければ、奈々美に幸せは訪れない。やるだけやってみるしかなかった。

そんなことを考えながら、出てきたコーヒーをひと口飲む。苦いだけで、まったくおいしく感じない。砂糖とミルクを入れるが、やはりうまくない。緊張のせいで味覚がおかしくなっているのかもしれなかった。

しばらくして、ファミレスに入ってくる女性の姿に気づいた。

濃紺のスーツに身を包んだ女性は、理彩に間違いない。奈々美を悲しませる原因を作った女だが、愛らしい顔立ちをしていた。

理彩は俊介の顔を知らないので、入口で立ちつくしている。店員が席に案内しようと歩み寄っていく。しかし、俊介が立ちあがると、理彩はすぐに気づいて店員の案内を断った。

理彩がこちらに向かってまっすぐ歩いてくる。顔はこわばっているが、足取りは意外としっかりしていた。

「晃一郎さんの弟さんですか」

目の前まで来ると、理彩は小声で尋ねる。俊介は視線をそらさずにうなずき、椅子に座るようにうながした。

「早かったですね」

「早退してきました」

そこでウエイトレスがやってきて、理彩が紅茶を注文する。その紅茶が出てくるまで、もうふたりとも口を開かなかった。

兄の浮気相手と、テーブルを挟んで向かい合っている。奇妙な光景だが、より緊張しているのは理彩のほうだ。突然、晃一郎の弟に呼び出されたことで、なにを言われるのかと警戒していた。

「兄のことですが――」

「ごめんなさい」

俊介が切り出すのとほぼ同時に、理彩が頭をさげて謝罪する。

予想外のことで、俊介は思わず言葉を失った。どうやって浮気を認めさせるかばかりを考えていた。ところが、まったく違う展開になりそうだ。

「晃一郎さんと不倫をしていたのは事実です。ご迷惑をおかけして、申しわけございませんでした」

理彩はもう一度、謝罪の言葉を口にして、深々と頭をさげた。

「ちょ、ちょっと待ってください。話を整理させてもらっていいですか」

俊介の言葉に理彩は小さくうなずく。嘘をつく気はないらしい。協力的な態度になおさら困惑してしまう。

まずは晃一郎との出会いを尋ねた。

三か月ほど前、晃一郎が商談で訪れたとき、社内を案内したのが理彩だった。その日は名刺交換をしただけだが、後日、連絡があったという。個人的に会いたいと言われて、理彩は承諾した。

理彩は二十五歳の独身で、恋人はいなかった。だから、大手商社のエリートサラリーマンに声をかけられて、素直にうれしかったらしい。食事に誘われてデートをすると、その日のうちにホテルに行ったという。

「言いわけになってしまいますけど、晃一郎さんも独身だと思っていたんです」

理彩は申しわけなさそうにつぶやいた。

「どうして、兄さんが結婚してるってわかったんですか」

「何度目かのデートのとき、奥さまから電話があったんです。たぶん、帰りが遅くなるのかどうかを聞きたかったのだと思います。電話から女性の声が漏れ聞こえたので、わたしが尋ねたんです」

「それまで、兄さんは独身のフリをしてたってことですね」

抑えた声で尋ねるが、腹の底では怒りが煮え滾《たぎ》っている。尊敬していた兄が、陰でそんなことをしているとは驚きだ。

「わたしも確認しなかったので……」

この期に及んで、理彩は晃一郎を庇《かば》おうとしている。そんな彼女の言動に苛立ちを覚えた。

「そういうことじゃないです。兄さんが黙っていたことが問題なんです」

つい言葉が強くなってしまう。はっとして周囲を見まわすが、ほかの客も店員もこちらを気にしていなかった。

「す、すみません……」

理彩は顔をうつむかせると、背中をまるめて小さくなる。

とても年上には見えない。童顔と相まって小動物のように愛らしいが、甘い顔をするつもりはなかった。

「あなたと兄さんが不倫をしていることで、苦しんでいる人がいるんです」

「もしかして、奥さまは……」

「ええ、奈々美さんは、兄さんが浮気をしていることに気づいています。それでも、兄さんを待ってるんだ。あなたに、その気持ちがわかりますか？」

怒りのこもった言葉を浴びせかける。

早い時期に晃一郎と理彩が別れていれば、奈々美は夫の不貞に気づかなかったかもしれない。浮気をした事実は消えないが、それでも夫婦仲がこじれることはなかったのではないか。

「結婚してるってわかったのに、どうして別れないんですか」

「それは……晃一郎さんのことを好きになってしまったから……」

理彩の声がどんどん小さくなっていく。

「いや、だって、兄さんは結婚してるんですよ」

「別れようと思ったんです。でも、晃一郎さん、もうすぐ離婚するからって……」

「えっ、兄さんがそう言ったんですか？」

俊介が確認すると、理彩は涙ぐんでこっくりうなずいた。

浮気はしても、離婚までする気はないと思う。奈々美との間に、そんな話が出ている様子はなかった。おそらく、理彩を引き留めるために、離婚すると嘘をついたのだろう。

(あの兄さんが、そんなことまで……)

衝撃の事実だった。

そんな最低の嘘をついてまで、若い女と遊びたかったのだろうか。奈々美という最高の女性を娶《めと》っておきながら、どうしてそんなふうになってしまったのか、まったく理解できなかった。

「だけど、まったく離婚する感じがなくて……」

理彩は晃一郎が適当なことを言っていると気づいている。だが、すでに情が移ってしまったのだろう。

(俺も、奈々美さんと……)

いけないと思いつつ、二度も関係を持ってしまった。

好きになってしまった人と別れられない気持ちは、なんとなく理解できる。俊介はそれ以上、強く言えなくなってしまった。

「じつは、来週末もいっしょに旅行する予定なんです」

理彩が申しわけなさそうに打ち明ける。

晃一郎は家庭をいっさい顧《かえり》みず、奈々美を悲しませている。それなのに、不倫旅行を計画しているのだから呆れてしまう。

「本当にごめんなさい。奥さまにも、どうお詫びすればいいのか……」

ついに理彩はすすり泣きを漏らして謝罪する。

そんな姿を見せられると、さすがにかわいそうな気がしてしまう。最初は理彩も騙されていたのだから、ある意味、被害者になるのではないか。

(兄さん、なにやってるんだよ)

怒りの炎が大きくなる。

尊敬していただけに、裏切られたショックは大きい。兄に対して、かつて感じたことのない激しい怒りを覚えた。

「兄さんのどこがよかったんですか？」

今、俊介のなかで、晃一郎は最低の男に成りさがっている。どこを好きになったのか知りたかった。

「それは、年上だったし……」

まず最初に理彩の口から出たのは年上という言葉だ。彼女は二十五歳で晃一郎は三十歳だから、五つ年上ということになる。

「年上って、そんなに大事な条件ですか？」

「そうではないけど……年上の人としか、つき合ったことがないんです」

理彩は恥ずかしげにつぶやいた。

晃一郎とは五つ違いだが、それ以外の人は十歳以上離れていたという。なかには二十歳近く年上もいたというから驚きだ。しかし、晃一郎とつき合うまでは、一度も不倫はなかったという。

「でも、いつかこうなりますよね……」

理彩はうつむいたまま顔をあげようとしない。今回のことが、よほど応えているのだろうか。

「年上にこだわることはないと思いますけど」

気の毒な気がして語りかける。

理彩にも反省すべき点はあるが、それより悪いのは晃一郎だ。これ以上、理彩を責めるきにはならなかった。

「年上のほうが頼りになると思ったんです。でも……」

そこで理彩は言いよどんだ。いったい、なにを言いかけたのだろうか。

「でも、なんですか？」

俊介がうながすと、理彩は上目遣《うわめづか》いにこちらをチラリと見た。

「今こんなこと言うのは、場違いだと思うんですけど……」

「そんなこと気にしなくていいですよ」

「はい……俊介さんと話をしていたら、年下も悪くないかなって……」

理彩は言いにくそうにつぶやいた。

確かに、かなり場違いな気がする。思いもよらない発言に、俊介は返す言葉を失ってしまった。

「俊介さん、年下だけど頼りになる感じがしたから……」

ようするに頼りになる男が好きなのだろう。彼女は男に引っぱってもらいたいタイプらしい。

ふだんの俊介はそういう感じではない。どちらかといえば優柔不断な男だ。だが今は、奈々美のことで必死だった。兄に対する怒りも抱えており、その結果、頼りになる男に見えたのかもしれない。

「あつかましいお願いですが、協力していただけないでしょうか」

理彩があらたまった様子で頭をさげる。

「ど、どうしたんですか？」

「年下の男性との相性を調べたいんです」

「相性、ですか？」

意味がわからず首を傾げる。すると、理彩は大真面目な顔で口を開いた。

「はい、身体の相性です」

それはつまりセックスということだろうか。俊介が固まっていると、理彩はさらに語りつづける。

「もう不倫はしたくないんです。年下の男性を好きになれるなら、そのほうがいいと思いませんか」

「え、ええ、まあ……」

「では、お願いします。協力してくださいっ」

理彩が再び頭をさげる。思いのほか声が大きくて、周囲の客や店員の視線がふたりに集中した。

「ちょ、ちょっと、頭をあげてください」

俊介は慌てて声をかけるが、理彩は額をテーブルに押し当てたまま動かない。周囲の人たちは、なにごとかとこちらをジロジロ見ていた。

「晃一郎さんとは、もう一生、連絡を取りません。今夜だけでいいんです。どうか協力してください」

「わ、わかりました。協力しますから」

つい言ってしまった。

理彩は晃一郎と不倫をしていたが、悪い人とは思えない。だから、なんとかしてあげたいと思ってしまった。

4

三十分後、俊介と理彩はラブホテルの一室にいた。

ファミレスを出ると、タクシーを拾ってホテル街に向かった。そして、理彩に導かれるまま一軒のラブホテルに入った。

（来ちゃったよ……）

俊介にとってはこれがはじめてのラブホテルだ。淫靡な雰囲気に圧倒されながら室内を見まわした。

ショッキングピンクの照明が降り注いでおり、中央に置かれたダブルベッドを照らしている。バスルームはガラス張りで、なかがまる見えだ。いかにもセックスをするためだけの部屋という感じがして、自然と気分が盛りあがる。

隣で理彩がジャケットを脱ぎ、タイトスカートもおろして脚から抜き取った。ナチュラルベージュのストッキングに包まれた脚はスラリとしている。白いブラウスの裾が、かろうじて股間を隠していた。

「俊介さん……」

理彩が伏し目がちに語りかけてくる。身体をすっと寄せると、俊介の胸板に額を軽く押し当てた。

「好きにしてください」

恥ずかしげにささやく声が聞こえたと思ったら、手のひらがチノパンの股間に重なった。

「うっ……」

やさしく撫でまわされて、思わず呻き声が漏れてしまう。

　ボクサーブリーフのなかで、ペニスがむくむくとふくらんでいく。布地ごしに太幹をつかまれて、ゆったりしごかれる。張りつめた亀頭の先端から、カウパー汁が溢れ出すのがわかった。

「教えてください……若い人のセックス」

　理彩が潤んだ瞳で見あげて懇願する。その間も彼女の右手は、チノパンの上からペニスをしごいていた。

「り、理彩さん……いいんですね」

　すでに俊介も引きさがれないほど昂っている。

　服を脱ぎ捨てて裸になると、いきり勃《た》ったペニスが飛び出した。亀頭は水風船のようにふくれあがり、太幹には血管が稲妻のように浮いている。先端は透明な我慢汁で濡れていた。

「ああっ、すごいです」

　理彩が勃起したペニスを見つめて、瞳をうっとり潤ませる。そして、自らブラウスを脱ぎ去り、白いブラジャーに包まれた上半身を露にした。

　大きな乳房をハーフカップが覆っている。縁が柔肉にプニュッと食いこんでいるのが生々しい。理彩は両手を背中にまわすとホックをプツリとはずす。とたんにカップが弾け飛んで、双つの乳房がまろび出た。

張りのある瑞々《みずみず》しい柔肉は、染みがひとつもなく新雪のように白い。乳首は淡いピンクでツンッと上を向いている。いかにも柔らかそうにプルプルと揺れる様が、牡の欲望をかき立てた。

これで理彩が身につけているのは、ストッキングとパンティだけになる。肌にぴったり貼りついたストッキングに、白いパンティが透けていた。

(す、すごい……)

俊介は思わず生唾を飲んで凝視する。すると熱い視線を感じたのか、理彩はストッキングに指をかけた状態で固まった。

「そんなに見られたことないから……恥ずかしいです」

顔を赤く染めあげて、ストッキングに包まれた内腿をもじもじ擦り合わせる。

年上の男はジロジロ見たりしないのだろうか。いや、そんなことはないと思う。若い男に慣れていないので、気になるだけではないか。

見るなと言われても、魅惑的な女体を前にしたら視線をそらすのはむずかしい。それに、好きにしていいと言われている。遠慮する必要はなかった。

「り、理彩さんっ」

俊介は女体を抱きしめるなり、ベッドに押し倒した。

「きゃっ……」

理彩は小さな声をあげるだけで抵抗しない。仰向けになった状態で、覆いかぶさった俊介に顔を見あげていた。

いきなり襲いかかってしまったが、彼女は怖がったり怯えたりはしていない。むしろ期待に満ちた瞳を向けている。若い男がどんなセックスをするのか、興味津々といった感じだ。

「自分の立場をわかってますか？」

疑問に感じて思わず尋ねる。そもそも晃一郎との浮気をやめさせるために会ったのだ。理彩とセックスすることが目的ではなかった。

「すみません……晃一郎さんとは別れますから……」

「そんなの当たり前ですよ」

俊介は苛立ちまぎれに、目の前の乳房を揉みあげる。両手を重ねると、遠慮することなく柔肉に指をめりこませた。

「あンっ……つ、強い」

理彩が顔を歪めて訴える。

その声が妙に色っぽいから、乳房を揉む手にますます力が入ってしまう。俊介は両手で乳房をこねまわし、先端で揺れる乳首を指先で摘まみあげる。クニクニと転がせば、すぐに充血して硬くなった。

「ああっ、そ、そんなにされたら……」

刺激が強すぎたのか、理彩が首を左右に振りはじめる。しかし、女体はしっかり反応して、腰を悩ましげによじらせた。

「そんなにされたら、なんですか？」

答えを待つことなく、乳房の先端で揺れる乳首にむしゃぶりつく。勢いのまま舌を這わせて、唾液をたっぷり塗りつけた。

「い、いきなり……ああンっ」

理彩のとまどった声が響きわたる。

俊介は乳首をチュウチュウと吸いあげては、執拗に舌でねぶりまわす。ますます硬くなってとがり勃ったところに、前歯を立てて甘嚙みした。

「ひンッ、か、嚙まないでください」

女体にビクッと震えが走る。理彩は瞳に涙をためて訴えるが、俊介は聞く耳を持たない。もうひとつの乳首も口に含み、舌をじっくり這わせて硬くなったところを甘嚙みした。

「あひンッ、そ、そんな……」

理彩は裏返った声をあげながら、腰をしきりによじらせる。さらにはストッキングに包まれた内腿を、焦れたように擦り合わせていた。

「もしかして、こういうのが好きなんですか？」

乳首を口に含んだまま問いかける。

乳輪まで硬く盛りあがり、舌を這わせるたびに女体が反り返っていく。じっくり舐めまわしてから、不意を突くように前歯で甘噛みした。

「あああッ」

甘い声を放つと同時に、女体がガクガクと痙攣する。

感じているのは間違いない。刺激は強いはずだが、理彩がいやがっている様子はない。それどころか、腰をたまらなそうにくねらせていた。

「乱暴にされるのが感じるんですね」

俊介は乳首を吸いながら、脇腹に指を這わせていく。くすぐるようにスーッと滑らせれば女体のくねり方が大きくなった。

「はああンっ、ち、違います……」

「でも、こうやって噛むと」

再び乳首を甘噛みする。とたんに女体が悶えて、理彩の唇から艶めかしい喘ぎ声が溢れ出す。

「ほら、腰が動いてますよ」

「こ、こんなのはじめてで……あああッ」

もう声を抑えられないらしい。理彩は今にも泣き出しそうな顔で見あげて、震える唇を開いた。

「お、お願いします……も、もう、いじめないで」

いじめているつもりはなかったが、そう言われるといじめたくなる。本当は理彩もそれを望んでいるのではないか。濡れた瞳が「もっとして」と言っているような気がしてならない。

俊介は乳首をしゃぶりながら、右手を彼女の下半身に滑らせる。ストッキングの上から太腿を撫でまわし、化学繊維のツルツルした触り心地と肉の弾力を楽しむ。さらには手のひらを内腿の間に潜りこませる。

「ああっ、俊介さん……」

理彩はもう抗《あらが》うことはない。俊介の右手を挟みこんだ下肢をよじり、期待に潤んだ瞳で見あげていた。

(この人、興奮してるんだ……)

そう思うと、俊介の欲望もふくらんでいく。

右手で内腿を撫でながら、徐々に股間へと近づけていく。指先がストッキングの船底に触れると、クチュッという湿った音が聞こえた。

「ああンっ、そ、そこは……」

理彩が恥ずかしげに視線を泳がせる。

そこがどうなっているのか、自分がいちばんよくわかっているに違いない。俊介はさらに指を強く押しつけた。

「はンっ、ダ、ダメぇっ」

喘ぎ声と湿った音が交錯する。

俊介の指先には、確かな湿り気が伝わっていた。彼女の股間を見やれば、ストッキングに黒っぽい染みがひろがっている。大量の華蜜が分泌されて、パンティとストッキングをぐっしょり濡らしていた。

「すごいことになってますよ」

声をかけながら、ストッキングごしに股間を押し揉んだ。

湿った音が大きくなり、理彩が細い腰をくねらせる。乳房がタプタプ波打つのも卑猥で、俊介は夢中になって乳首を吸い立てた。

ペニスがさらに硬くなり、彼女の太腿に当たっている。亀頭を濡らす我慢汁がストッキングに付着してヌルリッと滑った。

「ああっ、硬いのが当たってます」

理彩が喘ぎまじりにつぶやいた。

そして、片手を伸ばして太幹を握りしめる。ゆったり擦られると、欲望が本格的に暴れはじめた。

「くうぅッ、り、理彩さんっ」

ペニスがさらに反り返り、あらたな我慢汁が溢れ出す。濡れたところを擦られることで、快感がどんどん大きくなっていく。

「こ、これ、ほしいです」

理彩がかすれた声でつぶやいた。そして、ペニスから手を離すと自ら四つん這いの姿勢を取った。

両肘と両膝をシーツにつけた獣《けもの》のポーズだ。双臀を高く掲げて、後方に突き出している。尻を包んでいるストッキングがピンッと張り、透けて見えるパンティが柔肉に食いこんでいた。

「うしろから……お願いします」

理彩が小声で懇願する。突き出した尻を誘うように揺らして、さらには濡れた瞳で振り返った。

「挿《い》れてください」

そこまで言われたら、すぐにでも挿れたくなる。しかし、ストッキングとパンティが邪魔をしていた。

「これを脱いでもらわないと……」

この体勢で脱がすのはむずかしい。尻たぶを覆ったストッキングに触れて、さわさわと撫でまわした。

「破っていいですから……」

理彩が意外なことを口走った。

その言葉でさらにテンションがあがる。AVで見たことはあるが、実際に自分がやる日が来るとは思わなかった。

5

「本当にいいんですか？」

念のため確認すると、理彩はこっくりうなずいた。

それなら遠慮する必要はない。俊介は尻の割れ目付近のストッキングを摘まみあげると、爪を立てて引き裂いた。

ビリリッ——。

化学繊維の破れる音が響いて、白いパンティとむっちりした尻が露出する。ストッキングの裂け目に指をかけると左右に開いていく。ビリッ、ビリリッという音が興奮を誘う。

「ああぁっ……」

理彩も被虐的な快感に浸っているのか、喘ぎ声を漏らしている。

俊介はストッキングを思いきり引き裂いた。濡れたパンティの船底が露になり、甘酸っぱい香りが漂ってくる。欲情した女の愛蜜の香りだ。

「こんなに濡らして……」

女性器に貼りついた布地に触れると、クチュッという音がして愛蜜が大量に染み出した。

「す、すごい……どんどん出てきますよ」

「ああっ、は、早く……」

理彩は尻をますます突き出して、挿入のおねだりをする。この状況で興奮しているのだから、もともと責められるのが好きなのだろう。

パンティの船底を摘まみあげて脇にずらす。すると、赤々とした陰唇が剥き出しになった。二枚の花弁は愛蜜にまみれており、ヌラヌラと濡れ光っている。女陰は薄く口を開き、物欲しげに蠢いていた。

愛らしい顔に似合わず経験が豊富なのか、陰唇は型崩れして伸びている。それが卑猥に感じて、ペニスを突きこみたい衝動がこみあげた。

（い、挿れたい……）

俊介は膝立ちになると、突き出された尻を両手で抱えこむ。そして、張りつめた亀頭の先端を、濡れそぼった女陰に押しつけた。

「あンっ……」

まだ触れただけだが、理彩の唇から甘い声が溢れ出す。

「おおッ……おおおッ」

欲望にまかせてペニスを埋めこんでいく。濡れた膣口が亀頭を受け入れて、さっそく膣襞がからみついてきた。

「あああッ、は、入ってきた……大きいっ」

理彩の背中がググッと反り返る。それと同時に膣口が締まり、太幹が強烈に絞りあげられた。

「こ、これは……うむッ」

いきなり快感の波が押し寄せて、たまらず呻き声を漏らす。

膣襞が亀頭に這いまわり、膣口が太幹をグイグイ締めあげる。俊介は快感に耐えながら、さらにペニスを押しこんだ。

「はあぁッ」

根元までズンッと収まると、理彩の頭が跳ねあがる。

俊介の股間と理彩の尻が密着した状態だ。太幹がすべて膣内に埋まり、思いきり締めつけられている。膣道が収縮すればするほど、鋭く張り出したカリが濡れた膣壁にめりこんだ。

「お、大きいっ……あああッ」

理彩の背中がさらに反っていく。それにともなって膣の締まりが強くなり、ペニスに受ける快感が大きくなる。

「くううッ」

強烈な刺激に呻き声がとまらない。俊介は尻たぶをしっかり抱えこむと、さっそく腰を振りはじめた。

まずはペニスをじりじり後退させて、張り出したカリで膣壁をえぐるように擦りあげる。すると華蜜がかき出されて、結合部の濡れ方が激しさを増す。再び埋めこむときには、意識的に奥をズンッと突いた。

「ああッ、すごいっ」

理彩が悦《よろこ》びの声をあげる。尻たぶに小刻みな震えが走り、腰を艶めかしく左右にくねらせた。

「腰が動いてますよ」

ペニスをゆっくり出し入れしながら語りかける。くびれた腰を撫でまわせば、女体の悶え方が大きくなった。

「な、なかが擦れて……はああンっ」

「バックが好きなんですね」

「俊介さんの大きいんです……晃一郎さんより、ずっと大きい」

理彩が息を乱しながら振り返る。媚びるような瞳に、バックからペニスを出し入れされる悦びが滲んでいた。

ふいに兄の名前が出たことで、忘れかけていた怒りが再燃する。

晃一郎と理彩の不倫により、奈々美は傷ついたのだ。最初に声をかけたのは晃一郎だが、既婚者と知ってからも理彩はつき合いをやめなかった。まったく責任がないわけではない。

「くッ……」

こみあげる怒りとともに、腰を思いきりたたきつけた。

「あああッ」

ペニスが深い場所まで突き刺さり、理彩がいっそう大きな喘ぎ声をあげる。膣が反応して、太幹をギリギリと締めつけた。

(こんなに感じて……なんだと思ってるんだ)

口にこそ出さないが、憤怒をぶつけるように腰を振る。くびれた腰をしっかりつかみ、勢いよく肉棒を出し入れした。

「ああッ、は、激しいですっ、あああッ」

理彩は快感に耐えるように、両手でシーツを握りしめる。口では激しいと言いながら、尻をさらに突き出した。

「くううッ……もっと激しくしてほしいんですね」

「ち、違いま──あああッ」

「ぬおおおッ」

俊介は理彩の返事を最後まで聞かず、腰の動きを速くする。ペニスを高速でピストンさせると、結合部から湿った音が響きはじめた。

「ああッ……ああッ……」

喘ぎ声が大きくなり、尻の震えが女体全体にひろがった。

怒りをぶつける乱暴なピストンでも、理彩は思いきり感じている。官能の炎を燃えあがらせて、艶めかしい喘ぎ声を振りまいた。

(奈々美さんが苦しんでるのに……)

俊介の怒りは収まるどころがふくれあがる一方だ。理彩が感じるほどに、抽送は激しさを増していく。

「こんな状況で感じるなんて……くおおおッ」

速度をあげながら腰を思いきりぶつける。硬い肉柱を力強く出し入れして、カリで膣壁をえぐりまわした。

「自分の立場をわかってるんですかっ」

「はあああッ、ご、ごめんなさい……あああッ、ごめんなさい」

理彩が涙ながらに謝りはじめる。

俊介の怒りがペニスを通して伝わったらしい。四つん這いで頭を低くして、何度もくり返し謝罪の言葉を口にする。しかし、その一方で、膣はますます太幹を締めつけていた。

「くううッ、どうして、こんなに締まってるんですか？」

「ち、違うんです……あああッ」

「なにも違わないでしょう。気持ちよくなってるんですよね」

女壺の反応を感じて、俊介はさらに激しく腰を振る。ペニスを突きこむほどに、興奮と憤怒が爆発的に膨張した。

「あああッ、そ、そうです、気持ちよくなってますっ」

理彩が感じていることを認めて、尻をグイッと押しつける。ペニスがより深い場所まで突き刺さり、先端が子宮口を圧迫した。

「はあああッ、い、いいっ」

「こんなときに、よく気持ちよくなれますね」

さらに怒濤《どとう》のようなピストンで責め立てる。残っていたストッキングをビリビリ破り、勢いよく腰を打ちつけた。

「おおおッ、おおおおッ」

「ああッ、も、もっと……もっと叱ってくださいっ」

理彩の涙まじりの喘ぎ声が、ラブホテルの一室に響きわたる。

嗜虐的な興奮がこみあげることで、射精欲が高まっていく。膣のうねりも激しくなり、ペニスが蕩けるような快楽に包まれた。

「くおおおッ、り、理彩さんっ」

いよいよ最後の杭打ちを開始する。

理彩の背中に覆いかぶさり、両手を前にまわして柔らかい乳房を揉みしだく。同時に腰の振りを激しくして、女壺の奥の奥までペニスをたたきこむ。カリで膣壁をえぐりあげては、亀頭で子宮口をノックした。

「あああッ、い、いいっ、すごく気持ちいいですっ」

「おおおッ、くおおおッ」

もう言葉を発する余裕などない。俊介は奥歯を食いしばり、燃えさかる気持ちを乗せてピストンした。

「は、激しいっ、ごめんなさいっ、もうダメですっ、あああッ、イクッ、イキますっ、あああああッ、イクッ、イクうううッ！」

ついに理彩が謝罪しながら昇りつめる。膣の奥から大量の華蜜が溢れ出して、女壺全体が猛烈に収縮した。

「くおおおッ、で、出るっ、出る出るっ、おおおおおおおおッ！」

理彩が達したのを確認すると、俊介も一気に欲望を解き放った。

精液が次々と尿道を駆け抜けて、先端から勢いよく飛び出していく。精液を放出しながら腰を振りつづければ、射精の快感がさらに大きくなる。敏感なカリと濡れた膣壁が擦れることで、全身がゾクゾクするほどの愉悦の波が押し寄せた。

頭のなかがまっ白になり、もうなにも考えられない。ペニスの痙攣が治まると、四つん這いになっていた理彩が、うつ伏せにばったり倒れこんだ。

理彩はもう身体に力が入らないらしい。目を閉じて、ただ荒い呼吸をくり返すばかりになっていた。両脚はしどけなく開いている。ぱっくり開いた膣口からは、大量の白濁液が逆流していた。

時間が経過するとともに、少しずつ呼吸が整ってきた。

俊介も力つきて、理彩の隣で仰向けになっている。悦楽に包まれて全身がジーンと痺れていた。

こみあげる憤怒を抑えられず、ついついピストンが激しくなってしまった。欲望を放出したことで、とりあえず落ち着いている。しかし、怒りが完全に鎮まったわけではなかった。

6

翌朝、俊介はいつもより早く起きて家を出た。

晃一郎の顔を見るのがいやだった。それに奈々美とも顔を合わせづらかった。

理彩に会ったのは昨夜のことだ。不倫の件で話をするためだったが、それだけではなくセックスしてしまった。しかも、途中で晃一郎への怒りがこみあげて、これまでにない激しさで腰を振ったのだ。

(俺は、なにをやってるんだ……)

思い返すと自己嫌悪に陥ってしまう。

奈々美を助けたい一心だったが、気持ちが暴走してしまった。

昨夜は深夜に帰宅した。奈々美が心配して待っていたが、目を合わせることなく二階にあがって自室にこもった。

反省点は多いが、とにかく当初の目標は達成した。近いうち、晃一郎と理彩の不倫は終わるはずだ。

理彩は自分から晃一郎に別れを告げて、二度と連絡を取らないと約束してくれた。ちょうど転職を考えていたので、仕事でも会うことはなくなるという。もう、晃一郎の口先だけの言葉には惑わされることはないだろう。

不倫関係が終われば、晃一郎は自然と奈々美のもとに戻るのではないか。なにごともなかったように、夫婦仲が修復される気がする。

（でも……）

本当にこれでいいのだろうか。

胸の奥がモヤモヤする。晃一郎は奈々美を裏切って、ほかの女と浮気をしていたのだ。それなのに、何食わぬ顔で元サヤに収まるのだろうか。晃一郎の冷たい態度を思い返すと、奈々美が気の毒でならない。

釈然としないが、ここから先は夫婦の問題だ。弟とはいえ、俊介が口を出すことではなかった。

午後十時すぎ、俊介はアルバイトを終えて家に帰った。

「お帰りなさい。なにか食べる？」

リビングに入ると、奈々美が微笑を浮かべて話しかけてくる。

昨夜から俊介が避けているので、気を遣っているのかもしれない。理由はわからなくても、なにかあったことは感じているようだ。

「ありがとう。でも、弁当を食べたから大丈夫だよ」

俊介はできるだけ普通に言葉を返した。

ふと見やると、晃一郎がソファに腰かけている。スマホをいじりながら、ニュースを眺めていた。

「めずらしいな……」

思わず心の声が漏れてしまう。

この時間に家で晃一郎の姿を見るのは久しぶりな気がする。不倫をしていたうえに、本当の残業もあったのだろう。実際、家で夕飯を食べることは、週に一度か二度しかなかった。

「俺が早く帰ってきたら不満か？」

声が聞こえたらしく、晃一郎がこちらをジロリとにらんだ。

「別に……」

俊介は苛立ちを覚えるが、なんとか抑えこんでつぶやいた。

「毎日、残業をしていたら体が持たない。たまには家でゆっくりしないとな」

「そうなんだ……」

「興味なさそうだな。まあ、こんなことを言っても、おまえみたいに呑気《のんき》な大学生にはわからないか」

どこか小馬鹿にしたような言い方が鼻につく。

俊介のことなど、まともに相手をする気も起きないようだ。晃一郎は話は終わりとばかりに、手にしているスマホに視線を向けた。

(理彩さんにメールしてるんじゃ……)

ふとそんな気がした。

晃一郎はスマホに文章を打ちこんでいるようだ。もしかしたら、理彩にメールを書いているのかもしれない。

「ずっとスマホを見てるけど、おもしろい記事でもあるの？」

さりげなさを装って尋ねてみる。

「おまえには関係ない。仕事のメールだ」

晃一郎は不快そうに言うと、スマホの画面をすっと伏せた。

行動が怪しい。スマホを覗きこんだわけでもないのに隠す必要はない。むっとしているのも、疚《やま》しさの裏返しのような気がした。

(こっちは全部知ってるんだぞ)

腹の底で怒りが沸々とこみあげる。

浮気をしているのに平然としている晃一郎が腹立たしい。だが、奈々美が耐えているのだから、これ以上よけいなことを言うわけにはいかない。俊介は怒りをこらえて奥歯をギリッと嚙んだ。

「コーヒーでも淹《い》れるわね」

奈々美がやさしく声をかけてくれる。もしかしたら、不穏な空気に気づいたのかもしれない。

「うん……」

俊介は懸命に平静を装ってうなずいた。

近いうち、理彩が晃一郎に別れを告げる。そうすれば、なにかが変わるはずだ。そう自分に言い聞かせて、食卓につこうとする。

「コーヒーくらい、自分で淹れろ」

そのとき突然、晃一郎が口を挟んだ。

「暇なくせに楽をしようとするな」

先ほどの俊介の態度が気に入らなかったのかもしれない。それとも、スマホを手にしているので、理彩とメールのやり取りでなにかあったのだろうか。別れを切り出されて苛立っている可能性もある。

「来週末、出張だ。準備しておけよ」

晃一郎は奈々美にも不機嫌そうに言い放った。

とばっちりもいいところだが、奈々美はいっさい反論しない。言い返しても無駄だとあきらめているのか、それとも、もはや言い返す気も起きないのか。いずれにしても、夫婦の間には冷たい空気が流れていた。

(出張って、まさか……)

俊介は思わず眉間に縦皺を刻みこんだ。

——じつは、来週末もいっしょに旅行する予定なんです。

昨夜、理彩はそう言っていた。

また出張と偽って不倫旅行をするつもりだ。理彩はまだ別れを切り出していないのだろう。

(こっちがなにも知らないと思って……)

懸命に抑えこんでいた怒りが一気に噴きあがる。

もう我慢できない。晃一郎は偉そうにしているが、奈々美を平気な顔で裏切っているのだ。これまで逆らったことはないが、さすがに我慢の限界を超えていた。俊介は拳を握りしめると、晃一郎に歩み寄っていく。

「しゅんくんっ」

異変に気づいたのか、奈々美が大きな声をあげる。だが、俊介は立ちどまることなく歩調を速めた。

「なんだ、俊介」

晃一郎が怪訝な顔で見あげる。

俊介が目の前に迫っても怯む様子はない。それどころか、ハエでも追い払うように手をひらひらさせた。

「おまえに構っている暇なんて——」

最後まで聞くつもりはない。俊介は無言で兄の顔面を殴りつけた。

「うぐッ」

晃一郎がスマホを落として、両手で左の頰を押さえる。なにが起きたのかわかっていないのか、驚いた目で俊介を見つめた。

「いい加減にしろっ!」

勢いのまま大声で怒鳴りつける。

右の拳に確かな感触が残っていた。これまで人を殴ったことなど一度もない。はじめて殴る相手が兄になるとは思いもしなかった。

「な、なにするんだ」

晃一郎は突然のことにうろたえている。反撃してくるかと思ったが、ソファに座ったまま見あげていた。

「しゅ、しゅんくん……」

奈々美は呆然と立ちつくしている。俊介の行動に驚きを隠せず、凍りついたように固まっていた。

「理彩って人と浮気してるだろ」

もう黙っているつもりはない。俊介は怒りにまかせて口を開いた。

「なにが出張だ。全部、知ってるんだぞ。残業だってウソじゃないか。本当は浮気をしてたんだろ！」

再び晃一郎の顔面を殴りつける。左手で胸ぐらをつかむと、右の拳を何度も打ちつけた。

「しゅ、俊介……ま、待て……」

「奈々美さんがどれだけつらい思いをしてきたと思ってるんだ！」

殴るほどに怒りがこみあげる。

晃一郎はガードするばかりで反撃しない。俊介の迫力に気圧《けお》されたのか、浮気がばれていると知って焦ったのか。とにかく、俊介は兄を殴りつづけた。

「や、やめて、しゅんくん、もういいから」

奈々美が背後から抱きついてくる。俊介の暴走をとめようと必死になっていた。

「お願い、やめてっ、お願いだから……」

涙声が聞こえてはっとする。いつしか、奈々美は泣いていた。俊介の背中に抱きついたまま、涙を流していた。

俊介は手をとめて、その場に立ちつくす。

奈々美を助けたいと思っていたのに、泣かせてしまった。晃一郎は頭を抱えて、ソファの上で情けなくまるまっていた。

(俺が、いけないのか?)

急に自信がなくなってしまう。

晃一郎の浮気をやめさせようと必死だった。すべては奈々美のためだったが、自分の行動は間違っていたのだろうか。

第五章　おうちで密会

1

「しゅんくん、おはよう」

リビングのドアを開けると、奈々美がやさしげな声で迎えてくれる。

胸当てのある赤いエプロンを着けて、対面キッチンに立っていた。笑顔が眩《まばゆ》く輝いて見えるのは、手の届かない存在だからだろうか。

「おはようございます」

俊介は寝ぼけ眼を擦りながら挨拶した。

「座って待っててね。すぐにできるから」

「うん……」

うなずいて自分の席につこうとする。

向かいの席にはすでに晃一郎が座っており、例によって新聞紙をひろげている。顔をあげようとしないが、本当に読んでいるのだろうか。

「兄さん、おはよう」

俊介はさりげなさを装って声をかける。

晃一郎はようやく顔をあげた。唇の端にかさぶたができており、目の縁には青痣《あおあざ》が残っていた。


俊介が手をあげたのは五日前のことだ。

あの夜は、どうしても怒りを抑えられなかった。前日に理彩から話を聞いたこともあり、晃一郎への苛立ちがピークに達していた。

晃一郎を殴りつづける俊介を、奈々美が必死にとめた。

俊介は呆然と立ちつくし、晃一郎はソファに座ったまま動かなかった。奈々美だけが冷静で、晃一郎の切れた唇を消毒したり、傷薬を塗ったりしていた。そして、俊介の腫れた拳を氷で冷やしてくれた。

「知っていたのか？」

最初に口を開いたのは晃一郎だった。

「はい……」

奈々美は静かにつぶやいた。

晃一郎の隣には座らず、絨毯の上に正座をして向かい合っている。悲痛な表情を浮かべており、瞳の奥には静かな怒りが滲んでいた。

そんな妻の顔を見て、晃一郎はすべてを悟ったらしい。奈々美は浮気に気づいていながら、これまでじっと耐えていたのだ。

「すまない……」

晃一郎がソファに座ったまま頭をさげる。

だが、そんな言葉だけで許されるはずがない。俊介は怒りを懸命に抑えながら、理彩から聞いた話をぶちまけた。

結婚していることを隠して理彩を誘ったことや、離婚をほのめかして理彩と関係をつづけたことなどを話すと、晃一郎の顔から血の気が引いた。

「も、申しわけない……俺が悪かった」

転げるようにソファから降りて正座をする。そして、額を床に擦りつけると、今度こそ必死に謝罪した。

「すまなかった。どうか許してほしい……すまない」

こんな晃一郎の姿を見るのは、もちろんはじめてだ。懸命に許しを乞うということは、別れたくないということだろう。

（こんなに謝るくらいなら、どうして浮気なんて……）

俊介は冷めた目で見つめていた。

かわいそうだとは思わない。自業自得とはこのことだ。誰もがうらやむ美しい妻がいながら、若い女と浮気をするなど考えられない。謝るのは当然として、あとは奈々美がどう判断するかだ。

重苦しい沈黙が流れる。

（もしかしたら……）

このまま離婚になるのではないか。俊介は立ちつくしたまま兄夫婦を見つめて、そう思った。

実際、普通に考えたら、妻から三行半《みくだりはん》を突きつけられてもおかしくない状況だ。慰謝料を請求されて捨てられても文句は言えない。晃一郎がやらかしたことは、それくらいひどいことだった。

「わかりました」

しばらくして、奈々美がぽつりとつぶやいた。

「許すのは、これが最初で最後です」

淡々とした声だった。

奈々美は熟考したすえ、夫を許すことにしたらしい。妻の言葉を聞いて、晃一郎は額を床に擦りつけたまま嗚咽を漏らした。

（そうか……そうだよな）

俊介はリビングをそっと出て、二階の自室に戻った。

ただ奈々美を助けたかった。そのためには、晃一郎と理彩を別れさせて、兄夫婦が元サヤに戻るのが理想的だと思っていた。しかし、実際にそうなってみると、複雑な気持ちだった。

（これでよかったんだ……）

ベッドに腰かけて、胸のうちでくり返す。

そう自分に言い聞かせなければ、心のバランスを保てない。今にも涙が溢れてしまいそうだった。

どれくらい経ったのだろうか。

ぼんやり座りこんでいると、ドアをノックする音が聞こえた。しかし、俊介は返事をする気力もなかった。

「しゅんくん、起きてる？」

何度かのノックしたあと、遠慮がちにドアが開けられた。奈々美の声だとわかったが、それでも俊介は顔をあげられなかった。

「入ってもいい？」

奈々美はそう言うと、返事を待たずに入ってくる。

ドアを閉めて歩み寄り、俊介の隣に腰をおろす。ベッドがギシッと鳴って、静かに揺れた。

「兄さんを放っておいていいの？」

ようやく気力を振り絞って語りかける。

「シャワーを浴びてるわ」

奈々美の声は穏やかだった。

そして、逡巡するように黙りこむ。次に口を開いたとき、なにを言うのか予想がついた。聞きたくないが、逃げるわけにはいかない。身体の関係を持ったのだから、自分にも責任があると思った。

「もう、終わりにしましょう」

ささやくような声になっていた。

覚悟はしていたが、胸をえぐられたような気持ちになった。俊介は顔をあげることもできず、こっくりとうなずいた。

奈々美はそれ以上なにも言わずに立ちあがり、部屋からそっと出ていった。

もう二度と、奈々美と関係を持つことはないだろう。晃一郎は猛省して、これからは奈々美のことを大切にするに違いない。離婚の危機を越えたことで、夫婦の絆《きずな》は強くなるのではないか。

（さようなら……）

俊介は心のなかでつぶやいた。

涙が溢れて頬を伝う。悲しいけれど仕方がない。最初から、つづくはずがない関係だとわかっていた。きれいな兄嫁に筆おろしをしてもらったことは、一生の思い出になるだろう。


「寝癖がひどいな……」

晃一郎はかさぶたができた唇でつぶやいた。

俊介の頭を見て顔をしかめるが、すぐにふっと力を抜く。そして、再び新聞紙に視線を落とした。

「いつまで突っ立ってるんだ。早く座れ」

以前だったら、先に髪を直してこいと言っていただろう。

あの日から、細かいことを注意されなくなっていた。俊介のことを、ひとりの人間として認めたのかもしれなかった。

「ご飯を食べたら、すぐに直すよ」

俊介は椅子に座りながら、跳ねている髪を手で押さえた。

れる。

「ご飯、できたわよ」

奈々美がキッチンから出てきて、目玉焼きとベーコンが乗った皿を食卓に並べてくれる。

「兄弟でなにを話していたの？」

キッチンいても、こちらの会話は聞こえたはずだ。それなのに、奈々美は楽しげに尋ねてくる。兄弟が仲良くしてくれるのがうれしいようだった。

「なんでもないよ」

晃一郎がそっぽを向いて答える。相変わらず淡々としているが、以前のような冷たさはなかった。

「今日は早いんですか？」

「定時で帰れると思う」

晃一郎がそう言ってベーコンを口に運ぶと、奈々美は微笑を浮かべてうなずいた。

（これが普通なんだよな……）

俊介は目玉焼きを乗せたトーストを囓《かじ》った。

もともと兄夫婦と同居すると決まったときに想像していた光景が、今まさに目の前で展開されている。なにもなければ、うらやましく思っていただけだろう。だが、どうしても複雑な気持ちになってしまう。

（俺、二度も奈々美さんと……）

ふとセックスした記憶がよみがえりそうになり、慌てて首を小さく振った。

しかし、奈々美の神々しい裸身も、艶めかしい喘ぎ声も、そして強烈な膣の締まり具合も、なにからなにまで覚えていた。

2

「ただいま」

俊介がアルバイトを終えて家に帰ると、午後十時をまわっていた。

「お帰りなさい」

やさしい声に迎えられて、リビングに足を踏み入れる。

すると、奈々美と晃一郎が並んでソファに腰かけていた。ガラステーブルにはワイングラスがふたつと、赤ワインのボトルが置いてある。どうやら、仲良く飲んでいたらしい。

「おおっ、俊介、帰ってきたか」

晃一郎はめずらしく機嫌がいい。だいぶ飲んだのだろうか。

「なにか食べる？」

奈々美が声をかけてくれる。

「いらない。シャワーを浴びて寝るよ」

俊介は視線をそらしてリビングをあとにした。

バスルームに向かうと、熱めのシャワーを頭から浴びる。しかし、気分はすっきりしなかった。

夫婦仲が戻ったのはいいことだ。それなのに、胸の奥がモヤモヤしている。考えても仕方がない。晃一郎に嫉妬しているだけだ。こういうときは、とっとと寝てしまうに限る。俊介は自室に向かうと、電気を消してベッドで横になった。

脳裏に奈々美の顔が浮かんでしまう。それでも、無理やり目を閉じて寝返りを打っているうちに、いつの間にか眠りに落ちていた。

どこかで微かな物音が聞こえた気がする。

ぐっすり眠っていたので頭が働かない。それが衣擦《きぬず》れの音だと気づくのに、しばらくかかった。しかし、すぐに睡魔が襲ってくる。俊介は目を開けることなく、再び眠っていた。

ピチャッ、クチュッ――。

湿った音が聞こえて、意識がゆっくり覚醒する。

音がするたび、股間に甘い刺激が湧き起こり、それが全身にひろがっていく。なにかがペニスに触れている。柔らかくてヌルヌルしたものが、竿の裏側を這いまわっていた。

（なんだ、この感じ……）

ぼんやりした頭で考える。

以前にも経験したことのある感覚だ。奈々美にフェラチオしてもらったときのことを思い出す。ペニスが蕩けそうな快楽は、心と体に深く刻みこまれている。どうして今、あのときの感覚がよみがえっているのだろうか。

こうしている間も、裏スジを根元のほうから先端に向かって、柔らかいものが這いあがっていく。まるでカタツムリが這うようにゆっくり、ヌルリ、ヌルリと滑っていくのだ。

（ううッ、ど、どういうことなんだ？）

すでにペニスは勃起している。

いつから刺激を受けていたのか、硬く張りつめているのが目で確認するまでもなくわかった。

（もしかして……）

夢を見ているのかもしれない。

兄夫婦が元サヤに戻ったことで、奈々美のことがいっそう気になっている。フェラチオしてもらったことを夢に見ても不思議ではない。

「ンっ……はンっ」

そのとき、股間から微かな声が聞こえた。さらには熱い息が亀頭に吹きかかるのを感じて、腰にぶるるっと震えが走った。

(こ、これは……)

意識が急速に回復していく。

夢ではない。ペニスに確かな感触がひろがっている。柔らかくて湿ったものが、裏スジをゆっくり這いあがり、カリの裏側に到達するとチロチロとくすぐるように蠢くのだ。誰かが触れているのは間違いなかった。

(まさか、奈々美さんが……い、いや、そんなはず……)

もう完全に目が覚めている。

だが、俊介は仰向けになったまま動かない。股間を見ればすむことだが、この快感を終わらせたくない。想像が当たっているのなら、動かずにじっとしていたほうがいいと思った。

そのときはじめて、自分が下半身裸だということに気がついた。

寝るときはボクサーブリーフとスウェットパンツを穿いていたはずだ。ところが今は、尻がむき出しで、直接シーツに触れていた。

なかった。

あれは俊介の服を脱がす音だったのだろう。寝ぼけていたため、そのことに気づかなかった。

衣擦れの音が聞こえたのを思い出す。

（そうか、さっきの……）

（ううッ……）

強い快感が湧き起こり、危うく声が漏れそうになる。

柔らかいものが、敏感なカリを這いまわっているのだ。張り出した傘の裏側にまで入りこみ、ねちっこく蠢いていた。

（や、やっぱり、これは……）

この感触は舌に間違いない。

奈々美に舐めてもらったときの快楽とそっくりだ。溶けそうなほど柔らかくて、しかも、じっとり湿っていた。

俊介は仰向けで脚を開いた状態だ。

そっと薄目を開けて自分の股間に視線を向けるが、寝たふりのままでは角度的に無理がある。明かりも消えているため、かろうじて人影が確認できるだけだ。どうやら俊介の脚の間に入って正座をしているようだ。

（でも、きっと……）

奈々美だと確信している。

だが、どうして奈々美がフェラチオをしているのかわからない。あの夜、彼女の口から、はっきり別れを告げられているのだ。夫婦仲も戻っているのに、いったいどういう心境の変化なのだろうか。

「ンっ……」

微かな声が聞こえて、亀頭に柔らかいものが触れる。

どうやら、キスをしているらしい。硬くなった竿の根元に両手を添えて、ペニスの先端に唇を押し当ててくる。何度も口づけをくり返すと、やがて尿道口をチロチロと舐めはじめた。

(そ、そこは……くううッ)

敏感な部分を刺激されたことで、体がピクッと反応してしまう。それでも、俊介は硬く目を閉じて寝たふりをつづける。

舌先はしつこく尿道口を這いまわり、唾液を塗りつけていた。尿意をうながすような快感がこみあげて、腰が小刻みに震えてしまう。抑えこもうとして全身の筋肉に力をこめれば、両脚がつま先までピーンッと伸びきった。

(ううッ、こ、声が……)

愉悦の波が押し寄せて、これ以上、声を我慢できそうにない。この状況をもっと楽しみたかったが、そろそろ限界だった。

「起きてるんでしょう？」

ふいに呼びかける声が聞こえた。

奈々美の声に間違いない。首を持ちあげて股間を見やれば、窓から射しこむ青白い月明かりのなか、奈々美がペニスに唇を寄せていた。

「な、奈々美さん……ど、どうして？」

尋ねる声が震えてしまう。

太幹の根元には彼女の指が巻きつき、亀頭には熱い吐息が吹きかかっている。冷静でいられるはずがなかった。

「お礼をしようと思って」

奈々美が穏やかな声で語りかけてくる。

「お、お礼って？」

「しゅんくんのおかげで、晃一郎さんは浮気をやめたのよ。最後にどうしてもお礼がしたかったの」

そう言いながら、細い指で太幹をゆるゆるしごく。新たな快感がひろがり、尿道口から我慢汁が染み出した。

「こ、これがお礼なの？」

俊介が質問すると、奈々美は答える代わりにペニスの先端を口に含んだ。亀頭をぱっくり咥えて、唇をカリ首に密着させた。

「ううッ……」

こらえきれない声が漏れてしまう。慌てて声を抑えようとするが、奈々美は口のなかの亀頭に舌を這いまわらせる。湿った音とともに快感が湧き起こり、腰に震えが走り抜けた。

「ううッ、に、兄さんにばれたら……」

「あの人なら、もう寝てるから大丈夫よ。酔っぱらって寝ると朝まで起きないの」

奈々美は亀頭を口に含んだまま、くぐもった声でつぶやく。そして、再び亀頭に舌を這わせて、唾液をヌルヌルと塗りつける。

「で、でも……くううッ」

家のなかに晃一郎がいると思うと落ち着かない。だが、奈々美は気にすることなくペニスをしゃぶっていた。

亀頭を唾液まみれにすると、太幹を根元まで咥えこむ。砲身にも舌をじっくり這わせてから、首をゆったり振りはじめる。月明かりに照らされるなか、夫以外のペニスを咥えて、ねちっこく愛撫していた。

「ンっ……ンっ……」

唇を滑らせるたび、奈々美は鼻にかかった声を響かせる。唾液の弾ける湿った音と相まって、淫らな気分が盛りあがっていく。

「こ、声、出ちゃう……」

「少しくらいなら大丈夫よ」

奈々美はそう言って、ペニスを深く咥えこむ。根元を唇でキュッと締めつけて、思いきりジュブブッと吸いあげた。

「くううッ」

このままだと、すぐに追いつめられてしまう。俊介は気合を入れて、上半身を起こした。

「な、奈々美さん、お願いがあります。お礼なら、俺の好きにさせてもらってもいいですよね？」

思いきって語りかける。これが最後のチャンスなら、どうしてもやってみたいことがあった。

「しゅんくんが望むことなら、なんでも……」

奈々美はペニスから唇を離すと、太幹を指でゆったりしごく。先端からは常に透明な我慢汁が溢れている。

「服を脱いで、俺の上に乗ってほしいんだ」

俊介は上半身も裸になると、再び仰向けになった。

「しゅんくんの上に乗ればいいのね」

奈々美はそう言いながら服を脱ぎはじめる。

部屋着のTシャツとショートパンツ、それにブラジャーとパンティも取り去り、生まれたままの姿になった。

膝立ちになった女体に月明かりが降り注ぎ、神々しく輝き出す。たっぷりした乳房は見事なまるみを描き、先端では乳首がツンと隆起して存在感を示している。腰は細く締まり、悩ましい曲線が尻へとつづいていた。

(やっぱり、完璧だよ)

思わず見惚れてしまう。

奈々美の裸体は高貴な芸術品のようでありながら、牡の欲望を極限まで高める淫らさを内包していた。

「もう見飽きたでしょう?」

視線に照れたのか、奈々美は微笑を漏らして俊介の股間をまたごうとする。どうやら、騎乗位だと思ったらしい。

「そうじゃなくて、逆向きになって俺の顔をまたいでほしいんだ。いっしょに気持ちよくなりたいんだよ」

「えっ……」

俊介が説明すると、とたんに奈々美は恥じらいの表情を浮かべた。

求められていることを理解したらしい。しかし、躊躇したのは一瞬だけだ。奈々美は言われたとおり、逆向きになって俊介の顔をまたいで膝立ちになると、身体を伏せて重なった。

「こ、これでいいの？」

奈々美の声は羞恥に震えている。

互いの股間に顔を寄せるシックスナインの体勢だ。いつか経験したいと思っていたことが、奈々美を相手に現実となっていた。

(あの奈々美さんとシックスナインをしてるんだ)

考えるだけで、ますます気分が高まっていく。

俊介は太腿を担ぐようにして両手を尻たぶにまわしこむ。そして、臀裂を割り開いて、兄嫁の股間をのぞきこんだ。

「ああっ、恥ずかしい……」

奈々美は喘ぐようにつぶやき、太幹に指を巻きつける。それだけで、先端から我慢汁がブチュッと溢れた。

「な、奈々美さんっ」

俊介は興奮にまかせて陰唇にむしゃぶりつく。口を押し当てると、舌を伸ばして二枚の女陰を舐めまわしにかかった。

「あァンッ、そ、そんな……」

奈々美が激しく反応する。甘ったるい声を響かせて、くびれた腰を悩ましく左右にくねらせた。

そして、握りしめたペニスの先端に唇をかぶせる。いきなり奥まで咥えこむと、頼みもしないのに首を振りはじめた。

「ううぅッ」

俊介は快楽の呻き声を漏らして、女陰の狭間に舌を沈みこませる。

内側の柔らかい粘膜を舐めまわすと、唇を密着させて思いきり吸引した。ズチュウウッという下品な音とともに、大量の愛蜜が口内に流れこむ。それを躊躇することなく飲みくだした。

「ああぁッ、い、いいっ」

奈々美はくぐもった声で告げると、ペニスを深く咥えて吸いあげる。口内で舌も使いながら、思いきり吸茎した。

「おおおッ、す、すごいっ」

今にも昇りつめそうな快感が突き抜ける。俊介は奈々美の尻たぶに指を食いこませて耐えると、反撃とばかりにとがらせた舌先を膣口に埋めこんだ。

「はうううッ」

ペニスを吸いながら奈々美が呻く。感じているのは間違いない。その証拠に、膣口からは新たな華蜜が次から次へと溢れていた。

「ンンッ……ンンッ……」

奈々美が激しく首を振りはじめる。唇をしっかり締めつけて、吸茎しながらの口唇ピストンだ。

「おおおッ……おおおおッ」

唇がカリを擦りあげるたび、快感が脳天まで突き抜ける。腰がガクガク震えて、我慢汁が溢れ出した。

「あンンンッ、しゅ、しゅ、しゅんくん」

「ううッ、な、奈々美さんっ」

ふたりは相互愛撫で瞬く間に高まっていく。

どちらかが快感を送りこめば、念入りな愛撫でお返しをする。愛撫されれば、さらに濃厚な愛撫を返していく。そうやって互いの股間をしゃぶり合ううちに、愉悦は際限なくふくれあがり、早くも限界が迫ってきた。

「くううッ、も、もうっ……」

俊介は膣口をしゃぶりながら訴える。

するると、奈々美はその声を合図にしたかのように、いっそう激しく首を振りはじめた。唇をヌプヌプ滑らせて、男根を思いきりねぶりあげる。同時に吸茎されると、蕩けそうな快楽の大波が押し寄せた。

「くおおおッ」

俊介も舌を膣口に埋めこみ、愛蜜をジュルジュルすすりあげる。舌先を猛烈に出し入れして、敏感な膣粘膜を刺激した。

「あああッ、はあああッ」

奈々美の喘ぎ声も高まっていく。

互いの性器をしゃぶりながら、ついに愉悦の大波に呑みこまれる。ふたりは相手の股間に顔を埋めたまま、絶頂の急坂を駈けあがった。

「おおおおッ、ぬおおおおおおッ！」

「ああッ、あああッ、はあああああああッ！」

俊介が精液を噴きあげると、奈々美は股間から透明な汁をまき散らす。ふたりは相手の下半身にしがみつき、性器を舐め合いながら昇りつめた。

シックスナインでの絶頂は濃密だ。ふたりが同時に達することで、セックスとは異なる一体感が生じていた。奈々美は脈打つペニスを咥えたまま離さない。俊介も女陰をいつまでも舐めまわしていた。

3

ふたりは汗ばんだ身体を寄せている。

絶頂の余韻が濃厚に漂うなか、息がかかる距離で見つめ合っていた。青白い月明かりが幻想的で、夢なのか現実なのかわからなくなる。どちらでも構わない。今はふたりきりの時間を大切にしたかった。

「最後にもう一度だけ……」

奈々美が小さな声でささやく。

またセックスできるという悦びと、これで本当に最後なんだという淋しさが交錯する。できることなら、この時間が永遠につづいてほしい。だが、それは叶わぬ願いだとわかっていた。

「奈々美さん……好きです」

そのひと言に想いをこめる。

しかし、奈々美はなにも言ってくれない。ただ俊介の目を見つめて、淋しげな微笑を浮かべるだけだった。

どちらからともなく唇を重ねていく。奈々美の柔らかい唇を感じると、それだけで気持ちが高揚する。舌を差し入れて口内を舐めまわせば、奈々美も舌を伸ばして応じてくれた。

（奈々美さん……）

せつなさがこみあげるなか、舌を深くからませる。

唾液を交換することで、ますます愛《いと》おしくなってしまう。ふたりはしっかり抱き合うとディープキスに没頭した。

「ああっ、しゅんくん……」

奈々美が名前を呼んで、舌をやさしく吸いあげてくれる。

俊介もお返しに舌を吸いながら、乳房に手のひらを重ねていく。ゆったり揉みあげては、先端で揺れる乳首をそっと摘まみあげた。

「ああンっ、そこは……」

奈々美の声がすぐに艶を帯びる。

乳首は硬くなっており、乳輪までふっくら盛りあがっていた。そこを指先でなぞると、女体が焦れたようにくねりはじめる。腰がくびれているので。月光の下で悶える姿がなおのこと色っぽい。

「ここが感じるんですね」

俊介は乳房に顔を寄せると、隆起した乳首に舌を這わせた。

「ああっ……」

軽く舐めあげるだけで、奈々美の唇から艶声が溢れ出す。

敏感に反応してくれるから、自然と愛撫に熱が入る。両手で乳房をこってり揉みあげて、双つの乳首を交互に舐めまわす。さらには乳輪ごと口に含むと、チュウチュウと音を立てて吸いあげた。

「そんなに吸ったら……はああンっ」

奈々美の呼吸がどんどん乱れていく。しっとり潤んだ瞳で俊介を見つめると、右手を伸ばしてペニスをそっと握った。

「うっ……」

軽く指を巻きつけられただけでも快感が湧き起こる。

先ほどシックスナインで達したばかりなのに、ペニスはこれでもかと反り返っていた。早く奈々美とひとつになりたくて仕方がない。だが、これが最後だと思うと、すぐには終わらせたくなかった。

口に含んだ乳首に舌をじっくり這わせていく。唾液をたっぷり塗りつけては、吸いあげることをくり返す。

「あっ……あっ……」

奈々美は甘い声をあげてくれる。

乳首をしゃぶりながら見あげれば、眉をせつなげに歪めた表情が色っぽい。前歯を軽く当てると、慎重に甘噛みしてみる。とたんに女体が小さく跳ねて、喘ぎ声が大きくなった。

「あああッ、そ、それ、ダメぇっ」

口ではダメと言っているが、内腿をしきりに擦り合わせる。その反応に気をよくして、俊介は左右の乳首を交互に甘噛みした。

「あっ、つ、強い、ああっ」

「でも、これが感じるんですよね」

「しゅんくんの意地悪……ああンっ、感じちゃう」

奈々美は感じていることを認めると、身体をいっそう悶えさせる。さらなる愛撫をねだるように、両手で俊介の頭を抱えこんだ。

(奈々美さんが、こんなにも……)

情熱的に応えてくれることがうれしい。だから、なおさら愛撫に熱が入る。乳首を舐めながら、右手を下半身へと滑らせていく。太腿を撫でまわして、やがて内腿の隙間に手を潜りこませる。

「あぁっ……」

奈々美の唇から期待に満ちた声が溢れ出す。

柔らかい内腿を撫でながら、指先を徐々に股間へと近づける。そして、陰唇に触れた瞬間、ニチュッという淫らな音が響きわたった。

「はあンっ、そ、そこは……」

内腿を強く閉じて、俊介の手を挟みこむ。敏感な部分に触れられて、身体が勝手に反応していた。

「奈々美さんのここ、すごく濡れてますよ」

女陰はすでにトロトロだ。指先でそっと撫であげれば、割れ目からさらなる愛蜜が溢れ出す。湿った音が大きくなり、奈々美の反応も顕著になった。

「あああっ、そ、そんなにされたら……」

我慢できなくなったのか、ペニスをねちっこくしごきはじめる。俊介の感じる場所を把握しており、カリの周辺を重点的に擦ってきた。

「ううッ……」

思わず呻き声が漏れてしまう。

至近距離で見つめ合い、互いの股間を愛撫する。俊介が膣口に指を浅く沈みこませれば、奈々美は亀頭を手のひらで包みこんで撫でまわす。ふたりの股間で愛蜜と我慢汁の弾ける音が響いていた。

「あッ……あッ……も、もう……」

「くうッ、な、奈々美さんっ」

考えていることは同じだ。言葉にしなくてもわかる。一刻も早くひとつになり、腰を振り合いたかった。

俊介が覆いかぶされば、奈々美は自ら脚を開いてくれる。膝を軽く立てて受け入れる体勢だ。脚の間に入りこむと、そそり勃った肉柱の先端が陰唇に触れた。ヌルリと滑るが、膣口を探り当てて押しこんだ。

「はンンッ、しゅ、しゅんくんっ」

亀頭が埋まった瞬間、女体が大きく仰け反った。膣口がキュウッと収縮して、女壺全体がウネウネと蠕動した。

「くううッ、す、すごいっ」

膣襞が亀頭にからみつき、カリ首が締めあげられる。鮮烈な快感がひろがり、いきなり我慢汁がどっと溢れ出した。

「あ、熱い……しゅんくんのすごく熱いわ」

奈々美がうわごとのようにつぶやき、俊介の首に腕を巻きつける。そのまま引き寄せることで、ふたりの身体はぴったり重なった。

「ううッ……奈々美さんのなかも、熱くてトロトロです」

俊介も呻きまじりにつぶやいた。

女壺のなかは蕩けきっている。ペニスにからみついて咀嚼《そしやく》するように蠢き、奥へ奥へと引きこんでいく。その結果、亀頭が膣道の最深部に到達して、子宮口を押しつぶすように密着した。

「あンンッ、お、奥まで来てるわ」

奈々美が顎を跳ねあげる。たまらなそうに喘ぎ、両脚を俊介の腰に巻きつけた。足首をロックさせて引き寄せることで、ペニスがさらに奥まで沈んでいく。

「おおおッ、し、締まるっ」

膣道が猛烈に収縮している。かつてこれほどの締めつけを感じたことはない。奈々美の想いが伝わってくるようで、ますます快感が大きくなった。

(本当に、これで最後なのかよ)

考えるとせつなくなるが、それでも欲望はふくれあがる。女体をしっかり抱きしめると、腰をゆっくり振りはじめた。

できるだけ長くつながっていたいので、スローペースの抽送だ。それでも奈々美は腰をよじり、早くも股間をしゃくりあげる。俊介のピストンに合わせていっしょに動くことで、快感はどんどん大きくなっていく。

「あっ……あっ……」

奈々美の唇から喘ぎ声が溢れている。抱きついているため、俊介の耳もとで甘く響いていた。

「俺、やっぱり奈々美さんのことが……」

快感とともに熱い想いがこみあげる。

気持ちが高揚すると、自然と腰の動きが速くなってしまう。抑えようと思うが、快感の波が次々と押し寄せる。奈々美も股間をしゃくっているため、ペニスが女壺で揉みくちゃにされていた。

「ううぅッ、こ、これは……」

「ああッ、そんなに激しくされたら……」

「こ、腰がとまらない……くうううッ」

もう抑えが利かなくなっている。男根をグイグイと出し入れすればするほど、ピストンは加速してしまう。

長くつながっていたいのに、もっと気持ちよくなりたいとも思っている。結合部分から聞こえる湿った音も欲望を刺激して、頭のなかがまっ赤に染まっていく。愛蜜とカウパー汁がまざることで、快感はさらに大きくなっていた。

「ああぁッ、も、もう、わたし……」

奈々美の喘ぎ声が切羽つまってくる。絶頂が迫っているのは間違いない。膣のうねりも大きくなり、ペニスを思いきり締めつけた。

「くおおッ、き、気持ちいいっ」

俊介はたまらず快感を訴える。

もう昇りつめることしか考えられない。奈々美の首すじにむしゃぶりつき、柔肌を舐めまわしながら腰を振る。太幹を力強く抜き差しして女壺をかきまわし、亀頭を子宮口にぶつけていく。

「ああッ……あああッ」

奈々美が強く抱きつき、俊介の背中に爪を立てる。鋭い痛みがひろがるが、それすらも快感に変化した。

「な、奈々美さんっ、おおおおッ」

「あああッ、しゅんくん、しゅんくんっ」

互いに名前を呼び合うことで、さらに腰を振る速度がアップする。

奈々美も俊介の首すじに吸いつき、欲望のままに舐めまわす。股間を一心不乱にしゃくりあげて、ペニスを貪っている。

「おおおッ、おおおおッ」

「ああッ、い、いいっ、あああッ」

ふたりとも昇りつめることしか考えていない。息を合わせて腰を振り、ひたすら快楽を求めていく。月明かりが射しこむ部屋に、俊介の呻き声と奈々美の喘ぎ声が響いていた。

この時間を終わらせたくない。永遠につづけばいいと心から願う。今すぐイキたい
けれど、このままずっとイキたくない。そんなことを考えながら、ふたりは見つめ合
い、唇を重ねていく。

「んんっ……奈々美さん、好きです」
「あンンっ、しゅんくん、わたしも……わたしも好きよ」

奈々美が舌をからめながら、甘くささやいてくれる。その言葉だけで、天にも昇る
心地になった。

「も、もう、俺……おおおッ」

いよいよラストスパートの抽送に突入する。女体を抱きしめて、とにかく全力で腰
を振りまくった。

「あああッ、いいっ、いいのっ、あああああッ」

奈々美の声が大きくなり、両手両足でしがみついてくる。肉柱を咥えこんだ膣道が
痙攣をはじめて激しくうねった。

「も、もうダメですっ、おおおおッ」

これ以上は耐えられない。俊介は雄叫びをあげると、全力で腰をたたきつける。ぺ

ニスが女壺に深い場所まで埋まり、ついに最後の瞬間が訪れた。

「おおおおッ、で、出るっ、おおおおッ、ぬおおおおおおおッ！」

凄まじい快感の大波が押し寄せて、たまらず獣のような咆哮《ほうこう》をまき散らす。膣に埋めこんだ男根が跳ねまわり、先端から大量のザーメンが噴きあがった。

「はあああッ、い、いいっ、イクッ、イクイクッ、ああああああああッ！」

奈々美もよがり泣きを振りまき、艶めかしいアクメに達していく。俊介の体にしがみつき、くびれた腰をクネクネとよじらせる。女壺が思いきり収縮して、ペニスをこれでもかと絞りあげた。

「す、すごいっ、くおおおおッ」

締めつけられたことで、精液の流れが加速する。媚肉に包まれた太幹が脈動をくり返し、大量の白濁液が噴き出した。

「あああッ、こんなにたくさん……」

「くおおッ、き、気持ちいいっ」

粘り気の強いザーメンが尿道口を通過する瞬間がたまらない。全身がビクビクと痙攣して、意識が遠のくほどの愉悦に包まれた。

まさに人生最高の瞬間だった。

かつて経験したことのない絶頂を共有して、ついに俊介は力つきた。奈々美の隣に横たわり、指一本動かせなくなった。

ふたりの乱れた呼吸の音だけが聞こえている。

もしかしたら、少し眠っていたのかもしれない。どれくらい経ったのだろうか。ようやく手足を動かせるようになっていた。

奈々美が身体をそっと起こして、服を身につけていく。俊介は黙って見ていることしかできなかった。

やがて奈々美が振り返る。そのとき、俊介はどうすればいいのかわからず、とっさに寝ているふりをしてしまった。

「ありがとう……」

奈々美はそう言ってキスしてくれる。

それでも、俊介は寝たふりをつづけていた。

なにか言葉をかけたいが、なにも思い浮かばない。それに口を開くと、涙がこぼれてしまいそうだった。

奈々美が立ちあがり、ベッドが微かに軋んだ。

ようやく目を開けると、幻想的な月明かりのなか、奈々美の背中が見えた。もうすぐ部屋から出ていってしまう。

引き留めたい。ずっといっしょにいたい。兄から奪って自分のものにしたい。でも、奈々美の気持ちを思うと、それはできなかった。

（ありがとう……さようなら）

心のなかで、そうつぶやいた。

奈々美は振り返ることなく部屋から出ていった。それを見届けると、胸に熱いものがこみあげる。気づくと涙が頬を伝っていた。

エピローグ

居酒屋のアルバイトを終えて部屋に帰ると、深夜零時半になっていた。

ベッドに腰をおろしたとたん、疲れがどっと出て動けなくなる。シャワーを浴びなければと思うが、早くも眠気が襲ってきた。疲労は蓄積しているが、ようやくこの生活にも慣れてきたところだ。

ひとり暮らしをはじめて一か月になる。

兄の妻と身体の関係を持ってしまったのだ。あのまま、ひとつ屋根の下で暮らしつづけることはできない。兄夫婦の関係が修復されたのだからなおさらだ。俊介は自分でそう考えて、実家を出ることを決意した。

見つけたアパートは、実家の最寄り駅から三つ先だ。

大学が近くなったので、通学は楽になった。だが、アルバイトをしていたコンビニは遠くなったので、やめてしまった。

今は居酒屋でアルバイトをしている。家賃を稼がなければならないので、時給が高いほうがいい。それに、賄《まかな》いが出るのもありがたい。ひとり暮らしだと食事のしたくをしなければならないので助かっている。

奈々美の手料理が恋しくないと言えば嘘になる。でも、意識的に考えないようにしていた。

（もう、あんな暮らしは……）

どんなに望んでも、ひとつ屋根の下で暮らすことはできない。

わかっているからこそ、刺激的な体験を何度も思い返してしまう。兄が会社で働いているとき、昼間から身体を重ねた。夫婦の寝室で交わると、かつてない背徳感にふたりとも燃えあがった。

兄の妻だということはわかっている。わかっているからこそ、隠れて交わる悦びは大きかった。

（奈々美さん……）

脳裏に思い浮かべるだけで股間がせつなく疼いてしまう。

いっしょに過ごした時間は宝物だ。筆おろしをしてもらって、バスルームでも抱き合った。もし奈々美がテレワークになっていなかったら、関係はあそこまで発展していなかったかもしれない。

それにしても、思い返せば危ないことをしていた。実家で三回も奈々美とセックスしたのだ。とくに最後のときは兄も在宅していた。酔って寝たら朝まで起きないとはいえ、一歩間違えば修羅場だった。もう、あれほどのスリルを感じることはできないだろう。

実家での思い出に浸っていたら眠くなってきた。

シャワーを浴びるのが面倒なので、このまま寝てしまおうか。そんなことを考えていたとき、ポケットのなかのスマホがブブブッと振動した。どうやら、メールの着信があったらしい。

こんな時間に誰だろうと思いながら、スマホを取り出して確認する。

「あっ……」

差出人を確認した瞬間、眠気が消え去った。急いでメールを開くと、貪るようにして読んだ。

——今週の土曜日、時間ありますか。

週末は必ず空けてある。アルバイトも入れないようにしていた。

——大丈夫です。

すぐに短い文章を打ちこんで送信した。

——あの人、つき合いでゴルフなんですって。また夕方までしかいられないけど、遊びにいってもいいですか。

俊介は思わず立ちあがり、拳をグッと握りしめた。今週も会える。それだけで全身に力がみなぎっていく。

——もちろんです。楽しみです。

メールを送信すると、すぐに返信があった。

——わたしも、しゅんくんに会えるのが楽しみです。

その文面を見るだけで、幸せな気持ちが胸にひろがっていく。俊介は週末のことを想像しながら、何度もメールを読み返した。

（了）

※本作品はフィクションです。
作品内の人名、地名、団体名等は
実在のものとは関係ありません。

長編小説

おうちで背徳《はいとく》

葉月奏太《はづきそうた》

2022年6月6日　初版第一刷発行

ブックデザイン……………………　橋元浩明(sowhat.Inc.)

発行人…………………………………………後藤明信
発行所……………………………………株式会社竹書房
〒102-0075　東京都千代田区三番町8－1
三番町東急ビル6F
email：info@takeshobo.co.jp
http://www.takeshobo.co.jp
印刷・製本………………………中央精版印刷株式会社